メディアワークス文庫

舞面真面とお面の女

新装版

野崎まど

目　次

一二月 二四日 3

一二月 二五日 41

一二月 二六日 96

一二月 二八日 129

一二月 二九・三〇・三一日 159

一月 一〇日 203

一月 一二日 240

旧装丁版イラスト・カバーキャラクターデザイン原案／どまそ

一二月　二四日

1

バスを降りてから、彼はもう十五分も歩いていた。

曲がりくねった山の車道は緩やかに、しかし延々と上り続けている。道の両側に鬱《うっ》蒼《そう》と茂る木々が視界を遮り、さっきまで歩いてきた下側の道も、これから歩いていく上側の道も見通せなかった。唯一見えたのは頭の上、寒々とした冬の夕空だけであった。

舞面真面《まいつらまとも》は、ボストンバッグを肩で跳ねてかけ直した。中には着替えとノートPCが入っている。PCはモバイル用のものなので、重さは一キロもないだろう。着替えも洗濯を考慮した枚数しか入れてきていない。だがそれでも、普段から荷物をほとんど持ち歩かない彼を苦しめるには十分な重さだった。

この十五分の間、車は一台も通らなかった。県道からはずれたこの山道の先には、大きな私邸が一つあるだけだ。この道は、言うなればその家の私道のようなものであり、そこに向かう車か、そこから帰る車以外は一切通らないのが普通である。

なぜこんな不便なところに住むのだろう、と真面は思う。車で山を下りなければ買い物一つできない。わざわざ下りたとしても県道沿いに大型のスーパーがぽつりとあるくらいで、日用品以外を買おうと思ったら更に数キロ先にある市街まで出るしかない。インターネットや通信販売が発達したご時世とはいえ、利便性が悪いことには変わりが無い。

だが彼はすぐに思い直した。こんな不便なところに住む理由に思い当たったからだ。理由の一つは、買い物に行く必要が無いということだった。今向かっている屋敷《やしき》には使用人がいる。家主が自ら買い物に行く事などほとんど無いのだろう。そんな人達《ひとたち》に利便性の話をしても仕方がない。

もう一つの理由はもっと単純だった。それは〝昔から住んでいるから〟というだけの事だった。

邸宅が建てられたのは戦前である。建てたのは亡くなった真面の曾祖父で、今は叔父とその家族が暮らしている。いやそもそも、その邸宅だけではない。今歩いているこの小山、連根山《つらねやま》も、元々曾祖父の所有していたものなのだ。現在は山も屋敷も、遺産を継いだ叔父の所有物となっている。

真面は数年ぶりに会う親戚の事を考えた。

叔父の舞面影面《まいつらかげとも》は、父の弟に当たる。真面の父は小さい頃に亡くなっていて、それ以来叔父は何かと真面のことを気にかけてくれていた。とは言っても、父が死んだ時に多額の生命保険が下りたので、真面と母の二人暮らしに経済的な不自由は無かった。そのため、特に叔父の援助を頼る必要もなく、今日まで普通に暮らしてきた。

なので、真面と叔父との関係は一般的な親戚付き合い以上のものではなく、理由がなければ数年会わずに過ごしてしまう程度の間柄だった。事実、彼は叔父ともう五年も会っていない。

そんな疎遠な叔父から、先日久しぶりに電話があった。元気でやっているか、と他愛ない話をした後に叔父は言った。

「少し頼みたいことがある」

年末にでもこちらに来られないか、と言われ真面は少し戸惑う。叔父からの頼み事など初めての事だった。

真面は年末年始の予定を思い返した。学生だから暇かと言えばそういうものでもない。今年工学部の大学院に進学した真面は、論文の予備実験で忙しい毎日を過ごしている。年末も、大晦日《おおみそか》のぎりぎりまで実家には帰らないつもりだった。だから正直な話、叔父の家がある田舎の山奥まで行くのには抵抗があった。

だが叔父には色々と気にかけてもらっている。父の法事の時には、不慣れな母に代わって段取りを取りまとめてくれたし、季節の折には高価な中元歳暮を毎年贈ってくれもする。

そんな叔父からの滅多にない頼み事を簡単に断ってしまうのも気が引けた。何より、電話口で話す叔父の言葉から小さな陰りが感じられた。それが少しだけ気になった。

結局真面はいくつかの妥協と引き替えに叔父の頼みを聞くことにした。そして今、叔父の屋敷へ向かう緑豊かな山道を、荷物を抱えて一人歩いているのだった。

その時、人工的な音が真面の耳に入った。それは久しぶりに聞く自動車の走行音だった。

振り返ると坂を登ってくる車がある。白のワゴン車だが、外装はあまり綺麗《きれい》ではない。かなり使い込まれた感じのする車だ。

立ち止まる真面の横を、車は悠々と通り過ぎていった。追い越していく際に運転席を確認したが、乗っていたのは知らない男だった。どうやら叔父の屋敷に向かう客らしい。屋敷の誰かだったら乗せてもらえたのにと思い、真面は不要な疲労を感じた。

2

車に追い抜かれてから、さらに歩くこと十分。やっと目的地と思《おぼ》しき場所が見えてきた。

しかし最初に目に入ったのは背丈ほどの石垣と、その上を囲む手入れされた垣根だった。それは叔父の屋敷の外側をぐるりと巡る石垣の端であった。

垣根の内側には大きな樹《き》が何本も立っていて、さながら巨大な武家屋敷のようだった。真面は前にもここに来たことはあるのだが、久しぶりに見ると改めてその大きさに驚かされる。こういうものは社会の平均をある程度知ってからの方が、相応《ふさわ》しく驚くことができるものだ。

屋敷の門は石垣の端から五十メートルほど歩いた所にあった。檜《ひのき》と瓦で作られた立派な門に〈舞面〉の表札が掛かっている。古風な作りの門構えの中で、黒いインターフォンだけがひどく浮いていた。

真面がボタンを押して数秒後、小さなノイズと共に「はぁい」という女性の声が返ってきた。

「すみません、東京の真面ですけど」

「あ、はい。ああ、はい。はい。はい、伺っておりますー」

スピーカーの声が、壊れたスピーカーのように答えた。頭で何かを考える度に「はい」と口に出してしまう病気なのかもしれない。それはとても生きにくいだろうなと真面は思った。

待っていると大きな門の方ではなく、インターフォン脇の小さな通用門が開いた。出てきたのは二十歳くらいの若い女性だった。見た目では真面よりも年下の印象を受ける。そのためか、古くさい割烹《かっぽう》着姿《ぎすがた》が年齢とアンバランスに見えた。

「お疲れ様でしたー。ここまで遠かったですよね。すみません、お迎えに上がれなくて。それじゃあ中に、あ！　お荷物！　お荷物を、私に、」

屋敷のお手伝いと思しき女性は、客人の荷物を持たなければならないという強い使命感を宿した目で、両手を構えながら近寄ってくる。真面は少しだけ後退《あとずさ》った。

「いえ大丈夫です。お構いなく」

「そうですか？」

「ええ」

「持ちましょうか？」

しつこい人だった。真面が片手で先に進んで下さいと促すと、彼女はしぶしぶと前を進んだ。

通用門をくぐると、中には日本庭園のような庭が広がっている。綺麗な石畳の道の脇には重量感のある石灯籠が立っており、少し離れたところには大きな池も見える。真面は小さい頃にここを訪れた時に、あの池に落ちた事を思い出した。鯉《こい》に食べられて僕はもう死ぬのだと思ったのを覚えている。

前を行くお手伝いの女性が、ちらりと振り返って真面の鞄《かばん》を見た。まだ持とうとしているらしい。ハイエナのようだった。

石畳を渡りきると、屋敷の母屋が威厳のある佇《たたず》まいで真面を迎えた。

お手伝いが玄関の引き戸を開けて、真面を中へと促す。木造の家の中はオレンジ色の照明にぼんやりと照らされている。

玄関に一歩踏み込むと、古い家の香りがした。真面はここに数えるほどしか来ていないはずなのに、少しだけ懐かしいと感じた。

3

真面は奥の座敷《ざしき》に通された。十二畳半の広さの座敷は、襖《ふすま》で他の部屋と仕切られている。また一面は障子が開け放たれていて、そこから手入れの行き届いた中庭が見えた。

床の間には額に入った書が飾られている。真面はそれを眺めた。大胆な筆跡の書は、漢字一文字であることは判《わか》ったが、なんと書いてあるのかは判らなかった。情報を伝えられない文字に意味はあるのだろうか、と真面は思う。ビジュアルとしては、文字以上の情報を含んでいるのであろう事は予想できる。だが、その場合は解読用のマニュアルを添付しておく必要がある。

真面の荷物は既に手元には無かった。先程この座敷に通された時に、座布団に腰を下ろした一瞬の隙を突かれて、お手伝いに奪い取られたのであった。彼女は荷物を奪取した時に、つい勢いで「やった」と言ってしまっていた。もうお手伝いでも何でもないと真面は思った。

少し待っていると、廊下から気配がした。障子の向こうに現れたのは和服姿の女性。

叔母の舞面鏡《まいつらかがみ》だった。

「鏡さん」

真面は小さく頭を下げる。

「まぁ……」舞面鏡は息をもらした。

「真面さん。久しぶりですね……本当に久しぶり……」

そう言って鏡は、目を細めて穏やかに微笑《ほほえ》んだ。

叔母と会うのも実に五年ぶりの事だ。最後に会ったのは大学に合格したことを報告に来た時なので、真面はまだ高校生だった。結局大学の四年間では、一度もこの屋敷を訪れなかった事になる。

舞面鏡はテーブルの向こう側に進み、真面の正面に腰を下ろした。鏡はもう四十過ぎのはずだが、品のある顔立ちは年齢を感じさせない。ただ、女性の顔の細かな機微を見分けるのが得意でない真面は、叔母さんは変わらず綺麗だなと、有って無き様な感想を持つだけであった。

「ごめんなさいね。山道を歩かせてしまって」鏡が申し訳なさそうに言った。「疲れたでしょう？」

「いえ、平気です」

「本当は車で迎えに行きたかったんですけどね。主人はまだ仕事で……。私も運転はできないし……」

と、そこに先ほどのお手伝いがお盆を持って現れた。真面と鏡の前に湯のみを置くと、小さく一礼してするすると下がっていく。お手伝いの去った方を見ながら、鏡が口を開く。

「あの子も車には乗れないから」

「僕は初めて見る方ですけど、新しい人ですか？」

「ええ、熊《くま》さん」

「熊さん？」

「熊さんていう名前なんですよ。熊佳《くまか》苗《なえ》さんというの」

「変わった名前ですね」

「それはうちもお互い様ですよ」

鏡は微笑んで言った。確かにそうだった。

「夏から来ていただいているんですけどね。まだ仕事に慣れていないみたいで。そうなの、ずっと家で働いてくれていた桂《かつら》さんがね、この間、腰を悪くしてしまったんですよ。だから今、家には運転できるお手伝いさんが居ないの。主人が不在の時は車も出せなくて……。水面《みなも》ももうすぐ帰ってくるのだけれどね、バスで来るように言ってあるんです」

「水面も？」

「ええ。真面さんは、水面とも五年ぶりでしょう？」

「ああ、そうですね。前に来て以来です」

「あの子も、真面さんと会うのを楽しみにしていましたよ」

舞面水面《まいつらみなも》。

彼女はこの家の一人娘で、真面とは従兄弟《いとこ》の関係になる。東京の大学に入ったと聞いたので、今は親元を離れて一人で暮らしているはずだ。年は真面の一つ下なので、順当に進んでいれば大学四年生になっているだろう。理系の真面と違って文系だった水面は、記憶が確かならば社会学や民俗学の方面に進んだはずだった。

「真面さん」

鏡が考え事に耽《ふけ》る真面に声をかけた。

「あのね……今日、主人が帰ってきたら、貴方《あなた》に頼み事をすると思うんです。それとも、もう聞いてらっしゃる？」

「いえ。まだです。相談事があるとは伺ってますけど、内容までは」

「そう……。その……私も詳しくは聞いていないんですけどね……」

鏡は憂色の浮かぶ表情で言う。

「貴方さえよければ、主人の頼み事を、できる限り聞いて頂けると嬉《うれ》しいの」

鏡の物思わしげな目が真面を見つめている。真面は心中で少し戸惑いつつも平静に努める。

「いや、聞きますよ。そのために来たんですから。それはもちろん内容にもよりますけれど……僕に出来る範囲の事ならやらせてもらいます」

その答えを聞いた鏡は、安堵《あんど》の笑みを浮かべた。

真面はなんだか据わりの悪いものを感じつつ湯のみを傾けた。残念な事に、中身は紅茶であった。

4

真面に用意された部屋は八畳ほどの和室だった。滞在中はこの部屋を自室として使うことになる。

茶色の壁に囲まれた部屋の隅には、古めかしい文机《ふづくえ》が一つ置かれていた。昔の文豪が使っていそうな部屋だと真面は思った。

部屋の真ん中には真面の荷物がすでに運ばれていた。ハイエナのようなお手伝いといえども、流石《さすが》に群れに持ち帰ったりはしないらしい。

真面は早速ノートPCを取り出して起動した。USBデータスティックを挿入して、通信ができるかどうかだけを取り急ぎ確認する。山の中なので心配していたが、通信状態は問題無いようだ。またこの屋敷には無線LANの設備もあると聞いた。叔母はあまり詳しくないようだったので、叔父が帰ってきてから聞こうと思う。

通信が確保できたので一段落し、続いて鞄から書類を取り出した。それは来る前に大学でコピーしてきた論文だった。そんなに急いで読む必要がある物でもなかったが、帰るまでには目を通しておこうと思っていた。言うなれば小説の代わりだった。

PCを文机の端に寄せて、卓上に論文を広げる。真面はそれを読みながら研究室の事を考えた。

抱えていた実験の進行は友達の蒔田《まきた》に頼んできたので、とりあえず心配はない。もちろん蒔田は蒔田で自分の実験を抱えているはずなのだが。真面と違ってのほほんとした性格の彼は「院の一年目というのは将来の展望を思案しながらのんびりするためにある」と言ってはばからず、研究室でも実験をしているというよりは実験をして遊んでいるだけだったので、頼み事をするのには持ってこいだった。それでも帰ったら何かしらの礼はしなければならないだろうが、食事を一回奢《おご》る程度で十分だろうと真面は思った。もしかすると酒を奢れと言うかもしれない。だが残念ながら真面は酒をほとんど飲まない。当然蒔田もそれは知っている。しかし重ねて残念な事に、真面が飲む飲まないに関係なく、蒔田は酒を要求するだろう事も容易に想像できた。

諦めて飲みに付き合うしかないかなと考えていると、部屋の外に人の気配がした。

「真面さん」

障子の向こうから声が響く。

「はい」

「入っていいですか？」

「どうぞ」

障子がなめらかに滑る。

そこに居たのは、黒いワンピースを着た、美しい黒髪の女性だった。女は真面に微笑みかける。真面は釣られて会釈した。

しかし真面の会釈を見るや、その女性は大きく目を見開き「まぁ！」と声を上げた。

そしてそのまま部屋の中にすいすいと入ってきて、文机に座る真面を上から見下ろす。

「お忘れですのね」

「………水面？」

「水面です！」

舞面水面は高らかに叫んだ。そしてその場にふわりと座り込む。黒いワンピースのスカートがおとぎ話のキャラクターのように広がり、和室の中に黒い沼が出来上がった。舞面水面はその沼の中心から、真面に向かって人形のように無機質な笑顔を向けた。

「お久しぶりです、お兄様」

真面は背筋にひやりとしたものを感じつつ、平静を装って答える。

「久しぶりだね、水面」

「ええ、五年ぶりです。五年ぶりの再会なんです。なのに……お兄様は……」

「ごめん。全然判らなかった」

本当のことを言えば、全然判らなかったどころか、今も真面は判っていなかった。叔母の話や、屋敷に居そうな人のリストを頭の中で検討して、状況証拠から多分この子は水面だろうと判断しただけである。

「お兄様……確かに五年は長いです。それは認めます。でも、それでもですよ。五年で、私のことをお忘れになります？」

「いや、忘れた訳じゃない」

「だったらなんだと言うんです」

「別な人かと思ったんだ。その、君があんまりにも綺麗になっているものだから……」

真面が苦し紛れにそう言うと、水面は目を丸くする。大きな目をぱちりと一回瞬くと、今度はさっきの人形の様な笑みとは打って変わって柔らかく微笑んだ。

「許して差し上げますわ」

「……どうも」

水面がふふ、と笑う。その笑顔はシンプルに美しかった。真面は小さな緊張から解放された。

五年ぶりに会う舞面水面は、真面の記憶の中の水面から一足飛びに成長していた。前に会った時の水面はまだ高校生だった。当時の彼女は、流石に良家の教育を受けているだけの事はあり、立ち居振る舞いなどは既にお嬢様然としたものだった。だがお嬢様といえども一七歳の高校生には違いなく、所作の端々に僅かな幼さが目に付いたのも確かであった。

　しかし目の前に座っている水面は、見事な良家の令嬢に成長している。

　顔の造作が美しいのは間違いない。彼女は昔から美しい子だった。だがそれよりも表情が美しい。柔らかく微笑む水面は、とても年下とは思えなかった。東京の大学に行ったというからもう少し世間擦れしているかと思っていたが、想像とは全く逆であった。

　紛《まが》う方無き美人に成長した従兄弟の顔を、真面はついじろじろと観察してしまう。それを感じた水面が表情で話しかけてきて、真面ははっと我に返った。

「なんですか、お兄様。私、どこかおかしいですか？」

「いや、そういうわけじゃない」

「先程の。もう一度言ってくださっても構いませんよ？」

「やめとくよ」

「ふふ……でも意外……お兄様がそんなことを言ってくださるなんて……。少し、お変わりになりました？」

「君の方がよっぽど変わった」

「褒め言葉と受け取っておきますわ」

　実際に褒めたつもりだったのだが、どういう風に取られたのだろうか。女性との会話は本当に難しい。入射角と反射角のように、明確なルールに則《のっと》って反応が返ってくればいいのに、と真面は思った。

「でも、お兄様。急にこちらにいらっしゃるなんてどうしたんですか？　院に進学されたとお聞きしましたけど。大学、お忙しいんじゃありません？」

「そんなに忙しくもないけどね。こっちに来たのは叔父さんに呼ばれたからだよ。頼みがあると言われて」

水面は口に手を当てて「まぁ」と言った。

「じゃあ私と同じですね」

「同じ？　水面は帰省しただけじゃないの？」

「ええ、そうなんですけれど。本当は、もう少し先まで帰らないつもりだったんです。今は大学も冬休みですけれど、まだゼミでやることもありますし。そうしたらお父様から連絡があって、頼みがあるので早く帰ってこられないかと仰《おつしや》るから……」

「なるほど、同じだ」

「そうなんです。それに」

水面は少し含んでから言う。

「お兄様がいらっしゃるって聞いて。私、用事を切り上げて帰ってきたんですよ」

水面の言葉は、彼女が昔からふざけて口にするような類の台詞《せりふ》だったが、今の彼女が言うとそれなりに破壊力のある台詞だった。真面は何かしら気の利いたことを返そうかと思ったが、結局何も言わなかった。

5

中庭に埋められた照明に灯《あか》りが入っている。

冬の陽は見る間に落ちていった。時刻は午後六時を回ったばかりだが、外はすでに深い闇に包まれている。

真面と水面は、中庭に面した廊下を進む。前を行く水面が突き当たりの部屋の障子を開けた。そこは、真面が夕方に鏡と話をした十二畳半の座敷だ。

中にはまだ誰も居なかった。テーブルの片側に座布団が並べられていたので、二人はそこに並んで座った。

つい先程、お手伝いの熊が二人を呼びに来た。どうやら叔父が仕事から戻ったらしかった。叔父は二人に、この座敷で待つようにと言付けてきた。夕食の前に、件《くだん》の頼み事についての話があるようだ。

「お父様の頼み事って、一体なんでしょう」水面が聞く。

「ちょっと見当が付かないな」

「私とお兄様の二人に頼むような事なんて……パッとは思いつきませんね」

水面は考え込むような顔をしている。サスペンス劇場の役者のような、多少わざとらしいくらいの表情だったが、美人がやれば絵になるものでもあった。

「本当に何かしら……少しわくわくしません？」

「家の事じゃないのかな？　法事の話とかね」

「お兄様、夢がない」水面は拗《す》ねるような顔をした。

それから少し待っていると、部屋の外から声がかけられた。

来たのはお手伝いの熊だった。だが熊は部屋に入らずに「こちらへどうぞ」と、誰かを中へと促す。

部屋に入ってきたのは、三十くらいの男だった。

グレーのスーツを着た猫背気味の男は、二人に向かってひょいと頭を下げた。二人は座ったままで会釈を返す。「あぁ、どうも」と男は言った。何がどうもなのか、真面にはよく解《わか》らなかった。

スーツの男は真面の横の座布団に膝を突いた。近くでよく見るとスーツがよれている。あごひげのそり残しもあり、全体にみすぼらしい雰囲気の男だ。

男の顔を近くで見て、真面ははたと思い出した。その男は、先ほど真面を車で追い越していった男であった。

男は懐を漁《あさ》ると、銀色の名刺入れを取り出した。

「はじめまして。私、こういうもんです」

差し出された名刺を受け取る。男は水面にも同じ名刺を渡す。

そこには『㈱楠井《くすい》リサーチサービス　調査員　三隅《みすみ》秋三《しゅうぞう》』と書かれていた。

「三隅と言います」男はまたひょいと頭を下げた。「貴方はええと、舞面真面君、かな。で、そっちのお嬢さんが水面さん」

三隅と名乗った男は、初対面のはずの二人の名前をいきなり言い当てた。二人は顔を見合わせる。

「失礼。調べました」三隅が平然と言う。

「調べた？」

「まぁ下調べと言いますか、予備調査と言いますか……。僕は調べるのが仕事なんで。調べないことにはお金がもらえない。曲がりなりにも調査員ですから」

「調査員さん、ですか」水面が怪訝《けげん》そうな顔をする。

「平たく言えば、探偵ですよ」

探偵、と聞いて真面の中にやっと具体的なイメージが湧いた。つまり興信所に勤めているような、浮気調査など行う、あの探偵のことだろうか。しかし。

「その探偵さんが、なぜここにいらっしゃるの？」真面の疑問を水面が代弁した。

「ああ、僕はですね。このお屋敷のご主人の依頼で来たんですよ」

「お父様の？」

「ええ。いや正確に言えば、依頼されたわけじゃなく、これから依頼されるところだけど。一体どんな依頼なのか、今まさに、その話を聞きに来たわけです」

真面と水面は再び顔を見合わせる。

つまり叔父は、自分達二人に加えて、この三隅という探偵にも何か頼み事があるらしい。三人を同時に呼んだという事は、三人に同じ頼みをするつもりなのだろうか。昔話にこんなシーンがあった気がする、と真面は思ったが、彼が想像したのは竹取物語だったので、今の状況とは微妙にずれていた。

その時、畳を踏む音が聞こえてきた。

水面の後ろ側で襖が静かに開く。

真面の叔父、舞面影面は、真面たち三人の視線に微笑んで答えた。

瘦軀《そうく》で和服姿の舞面影面は、古い時代の作家先生のようだった。白髪交じりの頭からは、会社の経営者としての苦労がにじみ出ているように感じる。だがそれも中年の影面にとっては渋味であり、魅力の一つのように思える。

影面はテーブルを挟んだ三人の正面側に回り、ゆったりと腰を下ろした。真面は別に居を崩していたわけではなかったが、なんとなく居住まいを正す。横にいる水面の姿勢は変わらず美しかった。

「すまなかったね。待たせてしまった」

影面が三人に向けて詫《わ》びを入れる。次いで影面は三隅に顔を向けた。

「君が調査員の？」

「ええ。はじめまして。三隅と言います」

三隅は名刺を差し出した。

「うん。大木《おおき》さんからの紹介でね。信用できる会社だと聞いている」

「大木さんとこには毎度お世話になってます。まぁ、信用うんぬんは口では保証できかねますが、出来る仕事はやりますし、できない仕事は断りますよ」

「それは大切な事だ」

影面は苦笑する。三隅は影面よりも大分年下だろうが、それでも彼は飄々《ひょうひょう》とした態度を崩さない。良くも悪くも力の抜けた男だ。

「辺鄙《へんぴ》な所まで来てもらって申し訳ない。そちらの事務所まで出向こうかと思ったんだが、こちらで話した方が色々と早そうだったものでね」言うと影面は、真面に向き直る。「真面君も、よく来た」

「いえ。ご無沙汰してしまって」真面は頭を下げる。

「いや、連絡できなかったのはお互い様だ。こちらも色々と忙しくてね」そう言って影面は優しく微笑んだ。

「お父様。私には何も言って下さらないの？」水面がすました顔で言う。

「お前は夏にも帰ってきただろう」

「ええ。それが何か？」水面は不思議そうな表情を作って聞き返す。影面は諦めたような顔をした。

「よく来た」

「ふふ」

水面は父親に向かって無邪気な笑顔を見せた。

「それでお父様」水面が作っていた顔を崩して聞く。「頼み事ってなんですか？」

「せっかちなやつだ……。確かに、その話をするために呼んだのだが」

「ではどうぞ。なさってくださいな」

影面が眉間に皺《しわ》を寄せる。会社では経営者の身分だが、娘の前ではそんな肩書きも何の意味もないらしい。

影面は気を取り直し、三人の顔を順番に見た。

「先に一つ言っておくが」影面の声が今までより僅かに低くなる。「これから話す事は、なるべく口外しないでもらいたい」

真面は部屋の空気が少しだけ重くなるのを感じた。

「まあ、誰に話すような話でもないとは思うのだけどね。ああ、三隅君には言うまでもないことだが」

三隅は肩を竦《すく》めて返した。依頼者の情報管理は探偵業を営む上では当然の事である。

「真面君と水面も、軽率に口外しないようにしてほしい」

影面の問いかけに、二人は首肯した。

「さて、君たちに頼みたい事と言うのは、私の祖父の遺言に関する事でね」

「祖父……曾お祖父様《ひいじいさま》の？」

水面の問いかけに影面は頷《うなず》く。

「ふむ」三隅は半分下りたようだった瞼《まぶた》を少し持ち上げた。「ご主人のお祖父さんと言えば、舞面のご当主様のことじゃあないですか。舞面財閥の舞面彼面《まいつらかのも》でしょう？」

真面は三隅の方をちらりと見た。身内以外で舞面彼面の事を知っている人間に会ったのは初めてだった。

僕の知ってる範囲ですと、と前置きしてから三隅は話し始めた。

舞面彼面。

真面と水面の曾祖父であり、戦前、金融業を主体とした事業で成功を収めた人物である。

そもそも舞面家は、江戸時代から連根山のある一帯を取り仕切る豪農の家であった。だが明治に入ってからはさしたる事業経営を行うわけでもなく、単なる地方の一地主でしかなかった。

しかし明治後期になって、当時弱冠二十歳だった舞面彼面は、交流のあった企業からの融資を受ける形で小さな地方銀行を設立する。この当時の銀行業界は、名立たる財閥系の銀行が市場を占めており、そこにわざわざ新規参入していくのは端から見れば大変無謀、いや無謀どころか、単なる無知とさえ思える試みであった。

しかし舞面家の異例の発展はここから始まる。

舞面彼面は他の企業との合併・吸収・買収を繰り返し、企業体の規模を次々と広げていった。舞面家の事業は銀行業に次いで保険・信託部門へと進出、やがて化学・重工業系の企業をも傘下に加え、多角的・複合的経営への発展を遂げた。〝舞面財閥〟の呼称が囁《ささや》かれるようになったのは、最初の銀行設立からわずか十年後の事である。

その発展の速度は、まさに神がかり的なものであった。

だが舞面財閥は、企業規模こそ他の財閥に比肩するものにまで成長したが、その実体は〝財閥〟ではなかった。

財閥とは同族経営による企業体の事を指す。舞面彼面は数多くの企業をグループに併合したが、それらの企業の経営に親類を配することを嫌い、舞面家の閉鎖的な所有下には置かなかったのである。

舞面財閥を一つのグループたらしめていたのは、舞面彼面という人間の卓抜した経営手腕とカリスマ性、その一点のみであった。

そして戦後、舞面財閥は大きな転機を迎える。

財閥解体である。

ＧＨＱの戦後政策によって、国内の企業財閥の多くは分散・解体を余儀なくされた。

だがその後の政策緩和によって、多くの企業は再集結し、戦後も旧財閥系企業集団として再編されている。

しかし舞面財閥を構成していた企業が再集結することはなかった。戦後の財閥解体の最中、当主・舞面彼面が病死したのである。

舞面彼面という一人の人間を核としていた舞面財閥が、その本人の死後に再び集まらなかったのは、当然といえば当然の成り行きであった。元はグループだった企業は、財閥解散後は縮小の一途を辿《たど》り、企業名からも次々と舞面の名は消えていった。

そういった特殊な事情の財閥であった事から、現代において舞面財閥の存在を記憶するものは少ない。現存している舞面財閥系の会社といえば、叔父・舞面影面が経営する建築会社、舞面建材。その、ただ一社を残すのみである。

舞面財閥とは、当主・舞面彼面が一代にして築き、一代にして消えた、まるで蜃気《しんき》楼《ろう》のような財閥なのであった。

「曾孫《ひまご》の私たちよりお詳しいわ」

水面はおどけて言った。

「調べましたから」三隅がさも当然のごとく答える。「こんなのは調べれば簡単に解ることです。舞面財閥は、財閥を扱った本にならら普通に載ってますからね。いうなれば誰にでも触れることができる情報ですよ」

言って三隅は影面と目を合わせた。

「これから聞かせてもらえるのは、そうじゃない話っぽいですが」

三隅の問い掛けに影面は首肯する。

「話というのは、その財閥当主。舞面彼面の遺言に関する事だ」

「遺言て……」水面が首を傾《かし》げる。「曾お祖父様が亡くなったのは、もう何十年も前の事ですよ？　そんな古い遺言のお話を、今更？」

「最初から話そう」

影面は三人に向かい合い、重々しく口を開いた。

「舞面彼面が亡くなったのは終戦から一年ほど後のことだ。その時、舞面財閥はまだ存在していた。財閥解体政策が実効を発揮し始めたのはその後の事で、実際に解体されたのは舞面彼面の死後、更に一年後の話になる。だから亡くなった時の彼面は、まだ大財閥の当主であったわけだ。だがしかし、舞面彼面は私財と呼べる物をほとんど有していなかった。いやもちろん、本当に何も無かったわけではない。この山は彼面の資産であったし、当然この屋敷もそうだ。だがそれは彼面が起業する前から持っていたものに過ぎない。彼は財閥の当主として大金を動かしていたが、その大金のほとんどを自己保有せず、常に会社の資産として管理していたのだ。だから舞面彼面が亡くなった時に私の父が継いだ遺産は、山と屋敷とわずかな現金。それだけだった」

三隅がふむ、と相槌《あいづち》を入れる。

「農家の遺産としては十分過ぎる代物ですが、財閥の当主の遺産として見ると、確かにいささかしょぼくれてはいますな」

三隅はなかなか失礼な表現をしたが、影面は苦笑して流す。

「彼面の親戚達も皆そう思っただろうな。だが遺言らしい遺言も残っていなかったし、結局遺産相続は連根山と、この辺りのわずかな土地を分けるだけで終わったようだ。本家に当たるうちの親父《おやじ》が、山も屋敷も相続したがね」

「あれ？」真面が何かに気付いた。「じゃあ、彼面さんの遺言というのは、残っていなかったんですか？」

「遺言は存在した」

「え？」真面は戸惑う。「でも今の話では、遺言は無かったと」

「遺言らしい遺言は無かった。だが、遺言らしくない遺言はあったのだ」

真面と水面はきょとんとする。

「お父様、どういう事？」

「見てもらうのが早いな」

そう言うと影面は、着物の懐から色あせた封書を取り出した。

今まで話題にしていた物が突然現れ、三人は少し驚く。あれが舞面彼面の遺言状なのだろうか。栄華を誇った舞面財閥の当主が、この世に残した最後の言葉。

茶封筒よりも一回りほど大きな封書は見るからにぼろぼろだった。紙は全体に黄色く変色していて、そのまま博物館にでも飾れそうな代物だ。

影面は畳まれていた封書を開いて、中から一枚の書状を取り出した。四つ折りになった紙を広げて、テーブルの上に置く。真面たちは身を乗り出して書面を覗《のぞ》いた。そこには漢字と平仮名交じりの短い文章で、こう記されていた。

　　箱を解き　石を解き　面を解け

　　よきものが待っている

文章の脇に、赤い印が押されている。

しばしの沈黙の後、水面は顔を上げた。

「お父様、これ、何なんですか？」

「舞面彼面が残した遺言状だ」

「遺言状って……」水面は困惑している。真面と三隅も似たような反応を見せていた。

「この書状は、舞面彼面本人が亡くなる直前に残したものだと言われている」影面が説明を始める。「亡くなる前、彼面は財閥解体政策に対応するために全国各地を飛び回っていた。だが地方で急な病に倒れ、そのまま帰らぬ人となった。この書状は旅先の病床で記したものだと伝わっている。彼面が息を引き取った後、遺品として本家に届けられたのだ。この赤い印は舞面彼面の印章に間違いないと思う。まだきちんと鑑定してもらったことはないので、断定はできんがね」

水面はテーブルの上の書状を手に取ってそっと引き寄せた。ぼろぼろの書状は、乱暴に扱えば崩れてしまいそうだ。目の前に持ってきた書状を、水面は隅々までよく眺めた。しかしいくら眺めたところで、新しい文章が浮かび上がるわけでもない。

「お父様、これじゃあ……これだけじゃ何の事が書いてあるのかさっぱり判りません。まるで暗号です」

「うん。その通りだ。お前と同じように、私の父も親戚達も全く意味が解らなかったようだよ。直筆の書状とはいえ、意味が解らないのではどうしようもない。結局その遺言状は解読されることなくお蔵入りになったというわけだ」

「つまり」三隅が顔を上げた。

「今回の依頼というのは、この書状の事を調べてほしいってことですか」

「その通り。三隅君には、この書状について出来る限りの調査をしてほしい。そして可能ならば内容を解読してほしいのだ。頼みたいのはそういう仕事だ」

「なるほどねぇ」

三隅は書状をまじまじと眺める。

「面白そうではありますねぇ。特にこの二行目」三隅は書状を指差した。「〝よきものが待っている〟とある。もしかしたらその〝よきもの〟ってのが、舞面彼面が隠した本当の遺産、つまり莫大《ばくだい》なお宝なのかもしれない。そういうことでしょう？」

「かも、しれないね」影面は笑う。

「お父様、待って下さい」

二人の会話に水面が割り込んだ。

「探偵さんに遺言状の調査をご依頼されるのは解りました。では、私たちは何をすればよろしいの？　プロの方がいらっしゃるなら、お兄様と私の出る幕はありませんもの」

「もちろんお前達にも頼みたい事がある。それに三隅君にも続けて聞いてほしい。遺言状の話は、まだ終わっていないんだ」

三隅は書状から顔を上げた。

影面が腕を組み直して、水面に顔を向ける。

「水面」

「はい？」

「お前は小さい頃、山の広場でよく遊んでいただろう」

「え？ ええ」突然昔の話をされて、水面は戸惑う。「覚えています。遊具も何も無い、ただの広場でしたけれど」

「確かに。ほとんど何も無い場所だったな」

「でも、私も子供でしたから。道具なんて無くても、いくらでも遊べました」水面はくすくすと笑う。「あ、でもあの広場には、確か一つだけ」

水面がはっとする。

「大きな石が……」

「そうだ」

影面は頷いた。

「〝体の石〟だ」

影面は聞き慣れない言葉を口にした。

「お父様、もしかしてあの石が」

水面はにわかに興奮している。

「あの、体の石というのは」真面が質問を挟む。初めて聞く言葉だった。

「この屋敷から、坂を少し下って行ったところに、小さな広場があるんです」質問には水面が答えた。「その広場の隅には、立方体の形をした、大きな石が鎮座しています。その石は〝体の石〟という名前で呼ばれているんです」

「〝体の石〟……」真面は言葉を繰り返す。

「つまりその体の石というのが、この遺言状に書いてある〝石〟なんですかね？」三隅が問う。

「それは判らない。まだそうと決まったわけではない。だが、その可能性は十分にある」

「というと。何か根拠が？」

三隅の質問に影面は首肯した。そして真面と水面に向き直る。

「ここからが、君達に頼みたい事だ」

二人は眉宇《びう》を引き締めて聞く。影面が視線を落として口を開いた。

「先々週のことだ。お手伝いの熊さんが掃除をすると言って、屋敷の蔵に入った。残念ながら、蔵の掃除は失敗したようだが……」

掃除とは失敗するものだったろうかと思ったが、真面は黙って聞いた。

「彼女がその時に、奇妙な箱を見つけてきた」

「箱……」水面が驚きを見せる。

「金属でできた、六、七センチくらいの正六面体の箱だ。だが箱と言っても、蓋が開くわけではない。金属の部品同士が組み合わさっているのだが、どこも動かないし、どこも開かないようになっているんだ。そしてそれぞれの面には、なんとも不思議な模様が刻まれていた」

影面は顔を上げて、真面と水面を見た。

「君達に頼みたいのは、その〝箱〟と〝石〟のことだ。真面君は理工学部だったろう？ その金属の箱について、一度科学的に調べてみてもらいたいんだ。そして水面には箱の模様を見てほしい。私は専門ではないので解らないが、大学で民俗学を勉強しているお前ならば、何かしら見覚えがあるかもしれないと思ってね。この休みの間に二人で協力して、その箱を調べてみてはくれないかね？」

真面と水面は顔を見合わせた。

しかし見合わせた二人のテンションはバラバラだった。「別に構いませんけど」という程度の気持ちで水面を見た真面だったが、こちらを見る水面は両目を爛々《らんらん》と輝かせている。やりたくてやりたくてしょうがないという顔だ。真面は、これは少し時間がかかりそうだと、気を重くした。

その時、部屋の外から声がかけられた。障子が開き、お手伝いの熊が部屋に入ってくる。

熊は影面の脇まで来て膝を突くと、胸に抱えていた古めかしい木箱を差し出した。

影面が木箱をテーブルの上に置き、蓋を開けた。中には真っ黒な布包みが入っている。

「まずは見てもらおう」

影面は手を伸ばし、その布を四方に開いていく。

現れたのは、赤茶けた色をした金属の箱だった。

影面がそれを取り出す。小さいが重量のありそうな箱だ。一辺が六センチほどの立方体。各面がそれぞれ正方形のブロック状に九分割されており、一見すると金属製のルービックキューブのようにも見える。一面に九個ずつ有る小さな四角には、解読できない文字のような、不思議な紋様が刻まれていた。

影面はそれを、正面に座る真面に差し出した。

真面が受け取る。左右に座る水面と三隅がそれを覗き込んだ。

箱を回して観察する。ルービックキューブ状の箱のパーツは、よく見ると完全に分割されているわけではなかった。二六個のバラバラの立方で出来ているのではなく、いくつかの立方はくっついている。つまり、テトリスのブロックのような様々な形のパーツが、組み合わさって箱状になっているのだった。

影面が横に置いていた木箱の蓋を裏返した。

蓋の裏側には筆の文字が書かれており、その下には遺言状にあったのと同じ、赤い印が押されていた。

「彼面さんの印章!」水面が目を見張る。「じゃあ、やっぱりこの箱が……」

影面は首肯すると、蓋の裏に書かれた筆文字を読み上げた。

「〝心の箱〟という」

一二月　二五日

1

「ああ、懐かしいわ」

　水面が車道の左右に広がる冬の木々を眺めながら歩いていく。真面には延々と同じ景色が続いているようにしか感じられないが、この山で育った水面には一本一本の木が見分けられているのかもしれない。

　舞面影面の話を聞いた翌日。

　真面、水面、三隅の三人は並んで車道を歩いていた。昨日真面が登ってきた屋敷への道を、今日は反対に下っていく。

「そんなに遠くないですから、すぐに着きます」水面が二人に言った。

　真面達は今、屋敷から坂を下った所にあるという広場に向かっている。車で行けば五分とかからない場所だが、水面が久しぶりにこの坂を歩きたいと言うので、真面達はそれに付き合うことにした。でも昨日も歩いて登ってきたんじゃないのかいと真面が聞くと、水面はしれっとした顔で、昨日はハイヤーです、と答えた。

「で」と三隅が口を開く。「その広場ってのは、どんな広場なの？」

「何もない広場ですよ。こう……砂利敷きの駐車場みたいなところで……本当に何も無いんです」水面が人差し指を立てる仕草をして言う。「例の石以外は」

昨晩、〝心の箱〟を見せてもらった時に、真面たちは〝体の石〟についての話も聞いていた。だがやはり百聞は一見にしかずという事で、水面の案内でそこに向かっているところであった。

「でもまさかあの石が、曾お祖父様と関係があったなんて……」

「水面は石のことを覚えてるの？」真面が聞いた。

「ええ、良く覚えてます。かなり目立つ石ですもの」

「大きいのかい」

「大きいですね。私が小さかった頃はまさに見上げたものでしたけれど。今はどうかしら……」水面が首を傾げる。

「まぁ石については現物を見てから考えるとして」三隅が口を開いた。「真面君て、理工学部なんだっけ？」

「ええ、そうです。工学部です」

「昨日のあれ。心の箱。どうだった？」

三隅はアバウトな質問をした。

「わかりません。まだ何も調べてませんから」

真面目は正直に答える。そもそも専門とは言っても、学部なんていう大きな括《くく》りでの分類である。この場で箱を調べるという条件においては、一般の人とほとんど変わらないのではないかと真面は思っていた。

「今は手元に道具も機械もないですし。あの箱に関して科学的に調べられる事はかなり少ないと思いますよ」

「まぁそうだろうね。パッと見で判ることだけ教えてくれればいいさ。昨日少しいじくっていたじゃないか。確実じゃない情報でも良《い》いよ。その場合は確実じゃないと注釈を付けてくれれば」

「そうですね……」

真面は昨日触った心の箱のことを思い出した。

「触れた感じだと、材質は銅のようでした。鉄ではないと思います。何かの合金だとしたらきちんと調べないと判りません。それから周りを叩《たた》いてみたんですが、あんまり響く感じはしませんでしたね。箱と言っていますが、内部に空洞が無い可能性も考えられます。単に壁が厚いだけかもしれませんが。また振ってみても、中で何かが動くような雰囲気はありませんでした。中には何も入っていないか、何かが入っているけど動かないように固定されているか。どちらにしろ、一度開けて見ないことには何とも言えません」

「で、箱の開け方は？」

「まだ不明です。いくつかのパーツが組み合わさって出来ているのは確かなので、箱根細工の秘密箱みたいな仕掛けがあるのかもしれません。でも昨日触っただけだと、動くような部品は見つかりませんでしたね」

「なるほどね。水面さんの方は？」三隅は水面に振った。

「私も印象的な話になってしまいますけど……。あの箱はかなり古い物のように思えましたわ」

「古いというと、戦時中くらい？」

「いいえ、もっとです。本当に見た目の印象でだけなんですけど、戦争時の物にしては、なんだか古過ぎる気がして……」

「古過ぎる、ね」

「もちろん保存状態にも左右されますから、ああいう骨董品《こっとうひん》の年代鑑定は専門の方に見ていただかないといけませんわ」

「しかし水面さん。もしあれが戦時よりもっと古い、百年前とかの箱だとしたら」

「ええ」

「あの箱を作ったのは、舞面彼面じゃないって事になる」

「そうですわねぇ……」

水面は再び首を傾げた。

「でも箱自体の年代が古くても、中の物まで古いとは限りませんよ」真面が言う。

「中身を入れて、開かないように細工をしたのが舞面彼面なのかもしれない」

「だとしたら、それまでは普通に蓋の開く箱だったのかもしれませんね」水面が相槌を打つ。

「他に何か気付いたことは？」三隅が水面に続きを促した。「あれはどうです。あの模様のような彫り物」

「文字のようにも見えましたけど……少なくとも私の知っている文字の類に、ああいうものはありませんね。専門書に当たれば判明するかもしれません。もちろん文字ではなく、単なる模様だという可能性もあります」

「じゃあ模様についても、今のところ何も判らない、と」

「いいえ。判ったこともあります」水面が微笑んで言った。

「何？」

「センスは古いです」

2

程なくして、道が分かれている所にたどり着いた。

屋敷から麓まで伸びる車道の途中に、山側に逸《そ》れる一本の道が見える。その道は、幅は広いが舗装されておらず、山の中に分け入っていく砂利道であった。加えて道の入口に古びたチェーンが渡されており、車が通行できないようになっている。

「これはうちで立てている鎖なんです」水面が言う。「車でいらっしゃる方が間違って入り込まないようにと。この道の先は行き止まりですから」

三人は錆《さ》び付《つ》いたポールの横を通り抜けて、砂利道を登っていった。

山に入ると樹木は一段と茂っていて、頭上はすぐに樹冠に覆われた。木々の隙間から冬の日差しが頼りなげに差し込んでいる。

　二分も歩かないうちに、砂利混じりの地面が広がる場所に行き着いた。

　そこは森に囲まれた広場だった。木々の中にぽっかりと空いた空間は三十メートル四方くらいの広さがある。遮蔽物は何も無く、一目で全景を見渡すことができた。

「本当に何もない」三隅は見回しながら言う。

　広場で目に付く構造物は片手に余るほどしか無かった。入口の左手にはコンクリートブロックで二段ほどの小さな囲いが作られている。中には炭が溜《た》まっていた。どうやらごみを燃やす所らしい。右手の奥の方には木製のベンチが見える。それも相当古そうなものだった。

「あんまり荒れてないんだね」真面が周囲を見回して言う。「雑草がちゃんと手入れされてる。誰か管理してるの？」

「そうみたいですね。ごみの焼き場もありますから、誰か定期的にお掃除をしているんでしょうね。やっているのはうちではないはずですよ。多分、麓のお宅の方じゃないかしら……」

「で、あれが？」三隅が広場の奥の方を指差す。

「ええ」と答えて、水面は歩き出した。真面と三隅も後ろを付いていく。

三人は広場を縦断して、それの前に立った。

広場の奥に佇むもの。

それは石で出来た、大きな立方体であった。

一辺が百八十センチほどもある巨大な石塊は、広場の端で異様な威圧感を放っていた。真面は石の比重を思い出して頭の中で計算をする。ざっと見積もっても十トン以上あるのは間違いないだろう。その質量がそのまま存在感に変換されているかのようだった。

石の形状は、大まかには確かに立方体なのだが、切り出しは比較的大雑把なもので角もそれほどシャープではない。表面は所々が苔生《こけむ》して緑色になっており、古い物の風格を漂わせていた。

「〝体の石〟です」

「これが……」真面は石を眺めた。石は真面よりも背が高い。

三隅は石の周りを回り始めた。

「なんで体の石って言うの？」三隅が石を観察しながら聞く。

「判りません。昔からそう呼ばれています。私も小さい頃に父に教わっただけですから。体の石に登ったりすると、たたりがあるって脅かされたものです」

「何のたたり？」

「さぁ……」

「酷《ひど》いな」

「たたりはお父様の作り話ですよ。私が危ない遊びをしないように嘘《うそ》をついたんでしょう。だってこの石、こんなに珍しい形なのに、由来とか謂《いわ》れとか逸話めいたものは何も残っていないんですよ。それに心の箱なんてものが家に有ることだって、昨日初めて知ったんですもの」

「ふむ」三隅は石の表面を触りながら言う。「どうやら、これよりもさらにでっかい石を立方体に削りだした物っぽいなぁ。継ぎ目も無いし、一個の石の塊であるのは間違い無さそうだ。何かしらの仕掛けがあるとしたら、今は見えない底側の方かな」

「上はどうなっているのかしら」水面は石を見上げる。百六十センチほどしかない水面には、石の上面は覗けない。

「ねぇお兄様」

真面は嫌な予感がした。

「登ってご覧になってくださいな」

登るとたたりがあると自分で言った後に人を登らせようとする神経はすごいなと真

面は思う。だが自分も興味が無いわけではなかったので、尊大な従兄弟の頼みを聞く事にした。

「僕も」と三隅も石に手をかけた。二人は体の石の上によじ登った。

上に登った二人は、石の上面を調べた。側面と同様の苔生した平面が広がる以外は、別段変わったところはない。

「どうですか？」下から水面が声をかける。

「何もないよ」真面が答える。

「もう少し詳しくお願いします」

「苔が生えてる。ひび割れなんかはほとんど無いね」

「お嬢さん、待ってなさい」

三隅は肩掛けの鞄からコンパクトなデジタルカメラを取り出して、石の上面を十数枚撮影した。上から水面に向かって「こんな感じ」と液晶画面を見せる。

「ふぅん」

「ふぅんて」

「何か？」

「大の男を二人もこき使っておいて、ふぅんはないだろう」

「三隅さんはご自分で勝手に登られたんです」

「真面君。このお嬢様はいつもこうなの」

「ええ、そうです」

「そうかぁ……」三隅は諦めた。デジカメを裏返して、今撮った写真を自分でも確認する。

「人工物なのは間違いなさそうだ。自然にこの形にはならんだろう。この石も、昨日見た箱も立方体。名前も〝心の箱〟と〝体の石〟で対応してる。状況証拠を鑑みるに、舞面彼面の遺言状に出てきたのは、この二つと考えるのが妥当だろう」三隅は自分の見解を語った。「そうなると残るは」

「面ですね」水面が下から言う。

「面は無いのかい？」

「ありません」

「無いのか」

「全部揃《そろ》っていれば苦労はありませんわ」

「それもそうだ」

三隅はカメラのモードを切り替えて再び写真を撮り始める。真面は邪魔にならないように石から降りた。

「三隅さんも、早く降りた方がよろしいですよ」

「どうして？」

「たたられますから」

「乗っている時間の長さの問題なら、先に言って欲しかった」三隅はシャッターを切りながら愚痴った。

3

駅前に古ぼけた外装の洋食屋がある。閑散とした田舎駅の周りに存在する数少ない商業施設の一つだ。

真面達三人はその洋食屋『洋風キッチンミートボーイ』のテーブルに座っていた。午後も二時を回っていたので、客は彼らしか居なかった。

三隅はハンバーグとナポリタンのプレートをもぐもぐと食べている。真面はコーヒーを、水面はクリームソーダをそれぞれ頼んだ。人工的な緑色にバニラアイスの乗った、子供の喜びそうなクリームソーダだったが、もう二十二歳になる水面にも不思議と似合っていた。

「それにしても慌ただしいですね」水面はストローでアイスをつつきながら言った。「昨日いらっしゃったばかりなのに、もうお帰りになるなんて」

「もんなもともない」三隅がナポリタンを食べながら話す。「こっちでできることはもう全部終わったさ。箱も石も一応押さえたし、屋敷の人にも話を聞いた。だからもうここに居ても余り意味がない。調べ物は街に帰った方が十倍早い。ま、必要になったらまた来ますよ」

三隅はこの後、自分の事務所に戻るのだと言う。彼の事務所は市内にある。舞面の屋敷からは車で二時間くらいはかかる距離だ。

「ごちそうさま」

食事を終えた三隅は水を飲むと、店員を呼び、食べ終わった皿を下げてもらった。そして鞄から数枚の紙を取り出してテーブルに広げる。それはプリントアウトされた写真だった。心の箱と体の石、そして舞面彼面の遺言状が写っている。

「じゃあ帰る前に。ちょっと情報をまとめさせてもらおう」

三隅の言葉に二人も同調した。

「まずは遺言状だ」三隅は遺言状の写った写真を選《え》り分《わ》けた。

箱を解き　石を解き　面を解け
　よきものが待っている

「さて。この謎めいた文章は、いったいどういう意味かな」

「箱と石が何を指すのかについては、有力な候補が出ていますね」水面が分析を始める。「心の箱と、体の石。心の箱の入っていた木箱には舞面彼面さんの印が残っていましたし、体の石も屋敷のそばにずっと有ったものですから、両方とも舞面の家と関係が深いのは間違いありません。この二つはもう決まりなんじゃないかしら」

　真面と三隅は頷く。

「でもまだ面については何も判っていませんけれど」

　三隅は書状の写真を見ながら考える。

「面か……面ね。面……面……面…………」

「三隅さんてば、死にそうな蟬《せみ》みたい」

「君は本当に酷いな」

「そうですか？」

「まぁいい。そう、面ね。旦那さんは、屋敷にそれらしいものは無いと言ってたな。後で蔵をもう一度見てもらう事になってるから、これから出てくるかもだけど。あ、真面君。面が出てきたら写真送ってくれ。名刺のアドレスでいいから」

「なんで私には頼まれないのかしら」

「君は酷いからだ」

「まぁ、酷い」

三隅は無視して続けた。

「ただ、もう既に面は一つあるんだよな」

「ですね」水面が頷く。

三隅が真面と水面の顔を順番に見た。

「君らの名前だ。舞面なんて苗字《みょうじ》はそうそう無い。舞面家の遺言状に面と書いてあるんだから、関係があると思うのが自然だ。書いてあるのが山で、苗字が山田だったら違うかなと思うけど」

「それは単に印象の問題では？」

「印象は大切な情報だよ？　みんな印象で生きてる。あと、君たちは名前にも〝面〟の字が入ってるんだよな。旦那さんもそうだけど。叔母さんは入ってないっけ？　鏡さん」

「うちの家では、子供の名前には面の字を入れるのが伝統になってるみたいですよ」

三隅の疑問には真面が答えた。「おばさんは嫁入りされた人だから、面の字が入ってないんです」

「なるほど。決まり事なのね」

「それで三隅さんは、私たちの名前が一体どう関係していると思われているんです？」

「それを考えるには、先に遺言状の言葉の意味から考えなきゃならない」

三隅はノートを指差した。

「〝解く〟が何を指しているのかだ。箱を解く、とは何か。石を解くとは？　面を解くとは？」

水面が肘を抱える。

「そうですね……。箱を解く、は〝箱を開ける〟ってことかしら……。石を解く、はよく解りませんね。面を解く、は〝仮面をはずす〟という意味にもとれます」

「それは普通の面だった時だな」三隅は水を傾けながら話す。「苗字や名前の面だった場合は？」

「苗字だった場合は……舞面を解くってことですから、つまり家からはずれるということ？　名前だった場合は改名すること……ううん……なんだか違う気がしますね。それだったらもっと他の言い方がありそうですもの。韻を踏んでいるのは分かりますけど」

「例えば舞面家に、何か呪縛じみたものがあるんじゃないの？」三隅が突拍子もない事を言う。「家系に呪いがかかっていて、それから解放されるとか、そういうの」

「呪いなんてかかってません」

「お嬢さんが知らないだけかもしれない」

「いいわ。帰ったらお父様に聞いてみます」

娘に妙な質問をされる影面を想像して、叔父も大変だなと真面は思った。

「それに三隅さん。〝解く〟にはもっとストレートで解りやすい意味があるんじゃありません？」水面が笑顔で三隅に問いかける。

「なに？」

「〝謎を解く〟です」

水面は自信ありという顔で言った。

「箱を解く、は〝箱の謎を解いて、箱を開けてみろ〟という意味が一番すっきりしていると思います」

「石を解く、は？」

「石の謎を解いてみろ、です」

「なら、面は、面の謎を解いてみろじゃないか」

「ご不満？」

「何も判ってないのと大差ない」

「そうかしら……大きな一歩だと思いますけれど」

「まぁ、謎解きは真面君と水面さんに任すよ。よろしく。代わりに色々調べとくから」

三隅は適当な調子で言った。

真面はテーブルの上の写真に目を落とす。その中の、心の箱が写っている一枚を見た。

屋敷に戻ったら、あの箱をもう少し調べようとは思っている。そのためにわざわざ呼ばれているのだ。だが調べていけばそのうちにあの箱が開くかと言われると、正直そんな気は全くしなかった。謎が解けたなら、あれだけがっちりと組み合わさっている箱が簡単に開くというのだろうか。

「お兄様は遺言状の文面について、何かお考えはありません？」考え事をしていた真面に、水面が聞いた。

「そうだね……順番の意味を考えていたよ」

「順番？」

「そう、順番。解く順番は、箱・石・面の順番じゃないといけないものなのかなと。面から先に解いては駄目なのかどうか」

「それは……どうなんでしょうね。この文章だけでは読み取れませんけど」水面は首を傾げた。

「この文章には順番を示唆するような箇所がない。だから順番には意味がないのかもしれない。でも、もし順番があると仮定した場合は記述通り、箱・石・面の順である公算が高い。情報を伝えるための書状なんだから、わざと順番を入れ替えて書く理由は考えにくいからね。だから現時点では、箱から順番に解いていくのが間違いがなくて安全なんだろうと思ってた」

「なるほど……」水面が頷く。「お兄様すごい。私、順番なんて全く意識していませんでしたわ。もう箱と石を闇雲に調べればいいものだとばっかり……」

「僕は少しは考えてたよ」と三隅が割り込む。

「ねぇお兄様。じゃあこの〝よきもの〟はどう思います？」

「うわ、無視した」

三隅は抗議の声を上げたが、残念ながらそれも無視された。真面は写真を見ながら続ける。

「〝よきもの〟というのがとても抽象的な表現だけど……良い物、つまり価値のある物という意味なんだろうね。価値観は人によりけりだけど、少なくとも書状を書いた舞面彼面さんにとっては価値ある物だったんだと思う」

「価値ある物ね」三隅は水を注《つ》ぎ足《た》しながら言う。「自分で価値があるなんて強調するものは大抵《ろく》なものじゃない」

真面は指で文面をなぞって続ける。

「〝良きものが待っている〟の〝待っている〟は多分比喩かな」

「比喩って……比喩じゃない場合が考えられますか？」

「生き物が、例えば誰か人間が、比喩でなく本当に待っているという意味でも読めなくはないよ。でも、もしそうだとしたら、待っている人は既に死んでいる可能性が高い。なにせ六十年以上前の遺言状だもの」

「あ、でも」水面がはしゃいで言う。「もしその待っている人というのが、舞面彼面さんの恋人だったりしたら。その方が八十歳のお祖母《ばあ》ちゃんになってもずっとずっと待っていたりしたら。それってすごくロマンチックじゃありません？」

「どんだけ気の長い人なんだと思うよ」三隅が突っ込んだ。

「僕もそう思う」と真面も同意する。

水面はしかめっ面でクリームソーダをすすった。

4

洋食屋を出た後、三隅は自分の車で市内に向かって帰っていった。なにかめぼしい情報があればお互いにメールを送るという約束をした。真面と水面は、そのまま屋敷に戻った。


真面は屋敷の応接間に居た。

目の前には叔母の鏡が居る。鏡は木箱の蓋を開けると、中の布を捲《めく》って心の箱を取り出した。

「よろしくお願いしますね」と、鏡が箱を差し出す。

真面は心の箱の調査と分析を始めるために、実物を借りに来ていた。叔父は日中仕事に出てしまうので、必然的に叔母から借り受けることになる。

「そんなに時間はかかりませんから。すぐにお返しします」

「慌てて返していただかなくても平気ですよ。ご大層にこんな箱に入ってますけど、もう何十年も蔵でほっぽられていた物なんですからね。ゆっくりお調べになってね」

鏡はにこやかに笑った。だが、その表情はすぐに憂いの色を帯びる。叔母は昨日もこんな顔をしていた事を真面は思い出す。理由を聞き返そうかと思ったが、先に口を開いたのは鏡の方だった。

「私も昨日、主人から聞いたんですよ。その箱と石のお話。なんでも、お祖父様の遺言状に関わっているとか……」

「みたいですね。もしかしたら宝物が隠されているかも、なんて話も出ていました」

「その、真面さん……」鏡は憂いを湛《たた》えながら聞く。

「はい」

「真面さんは、本当に宝物が隠されていると思う？」

真面はきょとんとした。

「いや……どうでしょうね。舞面彼面の遺産だとしたらあり得ない事じゃないとは思いますけど。でも叔父さんも笑ってましたしね」

「あの人は……」鏡は少し考えてから言う。「主人は、本当は期待しているんじゃないかと思うの」

「宝物を、ですか？」

真面は少し驚いた。少なくとも、昨日見た叔父にはそんな素振りは全く無かった。

「ええ。こんな話、貴方に話すような事じゃないんでしょうけどね。あの人、最近元気が無くて……」

「どうしてです？」

「そうねぇ……きっと、仕事の事で色々あるんじゃないかと思いますよ。ほら、最近の不景気で、どこの会社さんも大変なようだから……。主人の会社も安穏とはしていられないみたい。だからね、貴方や水面の前ではすました顔してますけど、きっと宝物が出てこないかなって期待しているんですよ」

鏡がくすくすと笑う。

「あの人、かっこつけでしょう？」

真面は作り笑いで答えた。叔父の会社の経営が思わしくないなどとは、全く想像していなかった。

鏡は視線を落とすと、笑顔の隙間から再び曇り顔を覗かせた。

5

真面は屋敷の台所で準備を整えた。

テーブルの上には、部屋から持ってきたノートPCが置かれている。その横にはガムテープ、ドライバーセット等があり、そして最後に、借りてきた心の箱があった。

真面はまず、台所にあったキッチンスケールで箱の重量を調べた。デジタルの表示は一三六〇グラムを示した。

次に定規で箱の正確なサイズを調べる。長辺は六一ミリ。短辺は六〇ミリ。ほぼ完璧な立方体である。

ＰＣを操作して計算する。重量一三六〇グラムを六センチ×三方で割っていった。出た数字は六・三。単位は六・三グラム／立方センチメートルである。

つまりそれは単位当たりの金属の比重を意味する。比重が判明すれば金属の種類を特定することができる。

真面は無線ＬＡＮに繋《つな》がったＰＣでネットを検索し、金属の比重表を開いた。六・三に近い比重を持つ金属は、ジルコニウム（六・五）、亜鉛（七・一）、スズ（七・

三)、などがある。

だが残念ながら、この方法では箱の金属を特定するには至らないことを真面は知っていた。

今の計算で比重が特定できるのは、箱が空洞のない金属塊だった時だけである。箱の中に空間がある場合は、体積から比重を測定することはできない。また金属が純物質でなく合金である場合でも、比重表から金属を割り出すことは困難だ。この作業はあくまで、重量の大体のオーダーを予想する程度のものだった。

予想ついでに真面は考えた。表面の材質を見る限りだと、この箱は銅で出来ているように思える。

銅の比重は八・九とかなり重い。仮に純銅製だった場合、箱の重量は六センチ立方で一九三〇グラム前後になるだろう。それから実際の箱の重さ一三六〇グラムを差し引くと五七〇グラム。これが箱の中の空洞を満たす銅の重さだ。

その数字を銅の比重で割る。さらにウィンドウズの電卓を関数電卓モードに切り替えて立方根を求める。電卓には四・〇〇が表示された。この数字は、中の空洞が立方体だった時の一辺の長さである。

以上の事から判るのは、心の箱が純銅で出来ていた場合は、六×六×六センチの箱の中に、四×四×四センチの空間が存在する、ということだった。仮定の上に仮定を重ねた推測だったが、何もしないよりは前進しただろうと自分を慰める。

真面は、台所の流しに目をやった。

実は比重を正確に測定する方法はある。心の箱を水に浸《つ》ければいい。内部の空間が水で満たされれば、その差分を計算することで箱部分の正確な比重を割り出すことが可能だ。パーツが組み合わさって出来ていると思われる心の箱には多分隙間が存在するので、内部に水を入れることは可能だろう。

だが真面は躊躇《ちゅうちょ》する。内部に水を入れた場合、その水を完全に出し切らなければ金属が錆《さ》びてしまう。外側は拭けばいいのだが、内側はそうはいかない。

それに、もし内側に紙などが入っていた場合、それが濡《ぬ》れてしまうことになる。古い紙だったら、そのまま崩れてしまうかもしれない。現時点で中身が判らない以上は、そんな危険は冒せない。

そのような理由から水を使っての比重測定は先延ばしにする事にして、真面は別な方向の調査を始めた。

まず心の箱のパーツの中に、動く部分が無いかを念入りに調べた。部品が組み合わさって出来ている箱なのだから、やはり最初に寄せ木細工のような仕掛けを疑う。

真面はそれぞれの部品を上下左右にずらそうと試みる。だが、どの部品も全く動かない。次にルービックキューブのような形の心の箱を回そうと試みた。だがブロック同士がくっついてる部分もあるので、回転させる事もできなかった。

残るは押すか引くかの動きになるが、どこを押してみてもへこむ場所は無い。ガムテープを貼り付けて各パーツを引っ張ってみるも、飛び出してくるような部品も無い。部品のシンプルな可動を諦めた真面は、ドライバーセットからマイナスドライバーを取り出した。それをブロックとブロックの隙間に差し込もうとする。だがパーツ同士は非常に精密に組み合わさっており、細いマイナスドライバーでも差し込むことができなかった。各所の隙間で試したが、結局どこにも入らない。真面は諦めてドライバーをしまった。

心の箱を置いて一息つく。準備してきた道具は使い切った。今の段階で調べられることはこれぐらいしかない。薬品などがあれば、金属をもう少し詳しく調べる事もできるのだろうが、当然ながら屋敷にそんなものは無い。

真面は箱を回しながら、外側を観察した。表面に彫刻された模様はとても奇妙で、昔、科学雑誌でちらりと見た古代の文字のように見えた。真面は文化的な方面に関しては全くの門外漢なので、そちらの調査は水面にまかせることになる。もちろん一学生の水面が分野の専門家かと言われると、それもまた疑問なのだが。少なくとも工学部の自分よりは造詣が深いだろう。

この模様が解読できたなら、箱を開く方法が解るのだろうか。

そもそもこの箱は、本当に開くのだろうか。

詮無い事を考えていたのに気付いて、真面はまた息をつく。まだ情報が足りないのだ。今の段階で推論を重ねても仕方がない。

簡単過ぎる調査を終えて、使った道具を片づけようとしていると、台所の入り口からお手伝いの熊が入ってきた。

「あれ、真面さん」

「どうも、熊さん」

「ああっ!!」

熊は目を剝《む》いて叫びあげた。

「真面さん、どこでその名を……」

「叔母さんに聞いたんですけど」

「出来る事ならば知られたくなかった……」

「なぜです?」

「だって熊さんですよ！　熊さんて！　まるで熊じゃないですか！」

「熊でしょう」

「熊ですけどさ！」

熊は昂《たかぶ》っている。

「熊なんてどう好意的に見たって獰猛《どうもう》で凶悪で人食いって感じじゃないですかぁ……」

「それは偏見ですよ。食べるために人を襲うことは滅多にないはずです」

「たまにあるんですね……」

「たまにはあります」

熊はがっかりした。直後にまたも昂った。

「私、こう見えましても女の子なので！　可愛《かわい》いイメージを先行させていきたいんですよ！　あ、でも。同じ熊でもパンダとかは可愛いですよね」

「パンダは……可愛いですね」

「なんで今ちょっと考えられたんですか真面さん」

「パンダ亜科は類縁関係が薄いので、単に熊と総称した時はパンダ亜科を含めない事も多いのです」

「どうしてそんなことに詳しいんです！」

「すみません」

真面は理不尽なものを感じつつ謝った。

「でもほら、熊の中には小さくて可愛いものもいますよ」

「え、本当ですか？」

「マレーグマとか」

「知らないです。どんなのですか？」

真面はテーブル上のノートPCで検索をかけた。ブラウザにマレーグマのサムネイルがずらりと現れる。熊は真面の横から画面をのぞき込んだ。

「きもこわい！」

「そうですか。可愛いと思ったんですか」

「嫌ですこの熊……立った姿がまるで人間のようです……」

「あ、でも。見てください」

真面が画像の一枚を指差した。

「舌が異様に長いんですよ」

「いやあぁぁっ!!」

熊は両手で顔を覆って崩れ落ちた。

「私が、私が何をしたっていうんです！」

「その……何をしにいらっしゃったんですか」

「はっ」

熊は気づいて立ち上がると、床に落としていた買い物袋を拾い上げる。

「そうです、お夕飯の支度です」

「ああ、すいません。今片づけますから」

「あ、私やります。やりますから。お客様にそんなことはさせるわけにはいきません。やります、ので」

熊は客人に台所の片付けなどさせられないという強い使命感を宿した目で、両手を構えながら近寄ってくる。真面は自分のＰＣの危険を感じて、先にそれを片付けた。ＰＣが無くなってしまったので、熊は残念そうな顔で秤《はかり》を片付けようとした。その時、テーブルの上にあった心の箱に気が付いた。

「あ、例の箱ですね」

「ええ、そうです。今調べていた所です」

熊は心の箱を手に取って、まじまじと見つめた後に「サイコロみたいですねぇ」と言った。立方体である点以外はあまり似ていないと真面は思った。

「広場の石と関係あるんですか？」

「まだわかりません。今のところは名前が似ていて、同じ立方体をしているって程度ですね」

「へぇー。不思議ですねぇ」

熊が箱を眺めながら言う。

「でもこういうのって、どうやって使うのか大体判りますよね」

「え？」

真面は熊が何を言っているのか一瞬解らなかった。

「この箱の使い方が判るんですか？」

「え、はい」

真面は驚いて聞き返した。今初めて心の箱を見たらしい熊が、この箱の使い方が判ると言う。

熊は最初、真面が何に驚いているのか解らなかった。だが、すぐにその理由に気付いた。そして。

「あー、確かにこういうのって、真面さんみたいな頭の良い人の方が悩んじゃうかもしれませんねー。なんて言うんですか、私みたいな自由な発想の持ち主じゃないとウンウン考えてしまうかもですねぇ」

途端に偉そうな態度になった。

「その、教えてもらえませんか。この箱の使い方っていったい……」

「降参ですか？」

いつの間にか勝負になっていた上、降伏を迫られている。しかし面倒なので、真面は即答で降参した。

「ならば、お教えしましょう」

そう言うと熊は心の箱を取り上げた。そして流しの脇に置いてある大きな食器洗い機に近寄っていった。

「これを広場の大きな石としましょう」

熊はその四角い食器洗い機を体の石に見立てた。

「そしてですね、この箱を、こうするのですっ」

そう言いながら熊は心の箱を食器洗い機の側面に当てた。

珍妙な間が流れた。

「いや、こうかな……」

熊は側面に当てていた箱を、今度は食器洗い機の上に置いた。

「あの、どういうことですか？」

「見ての通りです。この箱を広場の石にくっつけるんですよ」

「すると？」

「するとですね……何か不思議なことが起きるんです。パーッと光ったり、封印されていた巨大ロボが出てきたりするんです」

真面は薄笑いになった。

「何がおかしいと言うんですっ」

「いや……なんといいますか。まるで魔法ですね」

「そうですよ、魔法ですよ。こういう不思議アイテムは、魔法か魔術か呪いがかかっていると相場が決まってます。太古のミステリースペシャルで似たようなの見ましたもん」

真面は返答に困った。

「なら真面さん。もしこの箱に魔法がかかっていたら、どうするんですか」

「どうすると言われると……凄《すご》いなと思いますよ」

「でしょう」

今のでしょうはどこにかかっているのだろうと真面は思う。

「もしこの箱に魔法がかかってたら、石とくっつけるだけで凄いことが起きちゃうわけですよ。凄い！　やった！　となります」

「そうですね」

「ならもし魔法がかかってなかったら。何が起こりますか？　何も起きなかった残念だ帰ろうって言って十分歩いて帰ってくるだけでしょう？　ほら。なんてローリスクでハイリターンなんでしょうか」

　熊の言うことは解らないでもなかった。心の箱に魔法がかかっているという説を微《み》塵《じん》も信じているわけではないが、箱と石をくっつける事を頑《かたく》なに拒否する理由も無い。次に広場に行った時に確かめてみれば済む事ではある。

「今の真面さんはアレです。特撮とかの一話で出てくる『ははは、そんなことあるわけないじゃん』て言うだけの人ですよ。このお話の主人公になりたければ、箱と石を触れ合わせなければならないんですよ！」熊の論理は真面にはよく解らなかった。

「ではどうぞ」熊が台所の入り口を手で指して、真面を促す。

「え。今ですか」

「急がないといけません」

「どうしてです」

「お夕食は七時の予定ですから」

6

時刻は午後五時前だったが、辺りはすでに薄暗くなっていた。

真面は広場へ向かう砂利道を歩いている。鞄の中には、借りてきた心の箱が入っていた。

道を抜けて、広場に出る。森に囲まれた広場はもうかなり暗い。昼に来た時には気付かなかったが、一本の木の枝に傘の付いた電球が下がっていて、今はそれが点《つ》いていた。だが小さな電球には広場全体を照らせるほどの力は無く、片隅に置いてあるベンチだけを、舞台のスポットライトのように浮かび上がらせている。

真面は、暗がりの中に佇む体の石に近付いていった。電球の光は石までは届かず、大きな立方体は夕闇に包まれている。

鞄から心の箱を取り出す。箱はどの面にも模様が刻まれていて、どちらが上下でどちらが左右かも判然としない。真面は最初に持った方向のまま、心の箱を体の石に向けた。そして箱を石に当てようとした時、真面は自分が少しだけ緊張している事に気付いた。

もちろん真面は、箱と石を接触させても何も起きないと思っている。そんな夢みたいな話がほいほいとあるとは思わないし、現に自分が生きてきた二十三年の間には一度も無かった。

だが真面は、絶対に何も起きないとは思っていなかった。それはきっと0がたくさん並ぶくらいの可能性であるのは間違いないだろう。しかし誰にも絶対と言うことはできない。突然不思議な現象が起きる可能性はいつでもどこにでも存在する。なぜならそれは不思議な事なのだから。

真面はこの無益な行為に対して、自分が小さな期待を抱いている事が少しだけ可笑《おか》しかった。

辺りは静まり返っている。

真面は、体の石に心の箱を触れさせた。

辺りは静まり返っている。

何も起きなかった。真面は心の箱を回して、六面全てを触れさせてみたが、当然何も起きなかった。熊の話を思い出す。真面は体の石の上によじ登って、上面の中心に箱を置いた。六面全てを置いた。しかし何も起きなかった。箱は単なる金属であり、石は単なる石なのだから、触れ合わせたところで何が起きようはずもない。こうして真面は、二十三年かけて築いてきた認識を今日もまた少し強めた。

箱を鞄にしまう。おかしな遊びをしている間に、辺りは更に暗くなっている。真面は下に降りようとして石の上に立ち上がった。

その時、視界の隅に影が映った。

顔を向ける。広場の入口、そこに人影がある。電球の光が届いていないので暗くてよくは見えないが、誰かそこにいるのは間違いない。

人影が歩き出す。

そのまま真っ直《ま す》ぐに、体の石に向かってくる。

影が近付くに連れて、電球の明かりが少しずつ当たっていく。そして人形のシルエットが徐々に拭われていった。

現れたのは、お面を被《かぶ》った少女だった。

7

紺色のセーラー服に学校標準のようなシンプルなデザインのコートを羽織った少女は、ポケットに手を突っ込みながら、体の石に向かって真っ直ぐ歩いてくる。真面は降りるタイミングを逸して、石の上で女の子が歩いてくるのをじっと見ていた。

少女も真面を見ている。いや、本当に見ているのかは判らない。彼女の顔は、動物を模したような白いお面に覆われていた。

お面の少女は真面を見上げながら、石の下まで来て立ち止まった。

真面はお面を見返す。それは遠巻きに見た通り、何かの動物の面だった。しかし近くで見ても、一体何の動物の面なのかは判らなかった。上側に二つの耳が付いた面は、例えば狐《きつね》のようにも見える。だが犬だと言われればそう見えるし、猫だと言われてもそう信じてしまいそうな、色々な動物の原型のような顔をした面だった。

真面は動物の目の部分に開いている、小さな二つの穴を見つめた。しかし穴の向こう側にあるであろう瞳は、闇に塗り込められてよく見えなかった。

「そこで何をしている」

面の少女が真面に声をかけた。外見にそぐわない、落ち着きのある声だった。背が低いので中学生くらいかと思ったが、もしかすると高校生なのかもしれない。

少女の質問を真面は反芻《はんすう》する。

この広場は連根山の中腹にあるので、山を所有する舞面家の私有地であるはずだ。だから彼女の質問は、真面がする方が正当なものであった。

「君の方こそ、ここで何をしてるの？」

真面は同じ質問を聞き返した。面の少女は反応を見せない。無言のまま、たっぷり十秒は経《た》ってから少女は答えた。

「掃除だ」

「掃除？」

「ごみを集めて、あそこで燃やすのだ」

少女は広場の隅にあるブロックのごみ燃し場を顎で指した。

昼に来た時に水面が、掃除をしているのは多分麓の家の人だろうと言っていた。この少女がそうなのだろうか。

「次はそちらが答える番だ」

少女はおかしな口調で話す。まるで目上の人間のような尊大な口ぶりだ。喋《しゃべ》った感じだけならば年上のような印象を受けるが、お面のせいで実年齢は判然としない。年上なのだとしたら、今度は制服姿なのが妙である。

「何をしておる」

「この石を調べていたんだ」

「ほう。理由を申せ」

理由はもちろん舞面彼面の遺言の謎を探るためだが、真面は口籠もった。一応家庭の内情に関する話である。影面にも口止めはされているし、見ず知らずの人間に気軽に話すような事でもない。

「この石はうちの石だから……。古いものらしいと聞いたので、従兄弟と一緒に調べているんだよ。従兄弟は民俗学を勉強しているから、こういうものに興味があってね」

真面は適当な理由をでっち上げた。まるまる嘘を言っているわけでもない。

「うちの石？」少女が聞き返す。

「そうだよ。この場所もこの石も私有の物なんだ。坂の上の屋敷のね」

「お前、舞面の家の者か」

少女は真面をお前と呼び捨ててきた。

「そうだけど……君は何なんだい？　なぜこの広場の掃除を？」

真面の質問に少女は再び無言になる。しばらく待っていると何も答えず踵《きびす》を返《かえ》し、広場の隅にあるボロボロのベンチまで行って腰掛けた。その一連を石の上で呆然《ぼうぜん》と見ていた真面に、面の少女は顔だけを向けて「早く来い」と言い放った。

真面は仕方なしに石から降りて、ベンチに向かった。

「座れ」

どう見ても真面より年下と思われる少女が、横柄な態度で命令をする。真面は抵抗を感じたが、言う事を聞かずに立っているのにも抵抗があったので、言われるがままに腰掛けた。

「で、名はなんと言う」

「舞面真面」

「まとも？　まともというのか？」

「何か？」

「おかしな名だな。まともな名前ではない。まともなのにな」

面は、はははと笑った。真面は不快な気分になった。

「そういう君は、なんという名前なんだ」

「みさき」

少女は簡単に言った。あまりにも普通の名前だったので、真面は何の感想も持てずに「ふぅん」とだけ返した。

「女の名を聞いて〝ふぅん〟はないだろう。良い名だとか綺麗な名だとか、嘘でもいいから褒めるのが礼儀だ」

「そういうのは苦手なんだ」

「甲斐性《かいしょう》のない男だ」

「それで、なんで君はこの広場の掃除をしてるの？　いつもやってるのかい？」

「気が向いた時だけだな。勝手にやっていることだ。屋敷のやつは知っておるはずだぞ」

「あれ、そうなんだ。じゃあ許可は出てるのか……」

「お前の方こそ見ぬ顔だが。影面の子ではあるまい」

少女は叔父の舞面影面までも呼び捨てにした。流石に真面も眉間に皺を寄せる。この子は何なのだろうか。掃除に来ているだけの麓の子にしては色々と変だ。

「影面は叔父だよ。僕はたまたま遊びに来ているだけだ」

「なるほどな。つまりお前は彼面の曾孫か」

「舞面彼面を知っているのかい」

「この辺に住んでいて知らん奴《やつ》はおるまい」

「地元では有名なんだな」

「で、石のことは何か判ったのか」

みさきは妙に詮索をしてくる。真面は余計なことを言わないように気を使いながら話した。

「いや、何も判らない。どこからどう見ても単なる石だよ。君は、あの石について何か知らないかい？」

「知っておるよ」

「え？　本当？」

世間話のつもりで振った真面は、逆に驚いてしまった。

「どんな話？」

「聞きたいか」

「あ、うん。教えてもらえるかな」

「なら」

少女は両の手を艶かしく組んで言った。

「私の言う事を聞け」

8

一時間後、真面は再び広場を訪れた。

もう真っ暗になってしまった広場の奥、傘電球のスポットライトに照らされたベンチに面の少女が座っている。みさきは黒いストッキングに包まれた足を組みながら、横柄な態度で待っていた。

真面はみさきの所まで行くと、持っていたビニール袋を差し出した。

「どれどれ」

みさきは袋を受け取り、手袋をした手で袋の中を弄《まさぐ》る。

そしてすぐに片手で面を押さえて、かぶりを振った。

「お前は阿呆《あほう》なのか……」

「あれ、ちがったか?」

「ちがうわ！　全然ちがうわ！」みさきは激昂《げっこう》して立ち上がると、袋の中から黒い酒瓶を取り出した。

「私は酒を買ってこいと言った。日本酒が良いと言った。それで買ってきたのがこれか！　黒松剣菱《くろまつけんびし》か！　お前これタマムラで八八〇円の奴だろう！　いや、間違ってはおらんよ。酒だし、日本酒だよ。だがな、こうな、もうちょっとあるだろう他に」

タマムラと言うのは、県道に出たところにある大型スーパー『ジョイフルタマムラ』の略称である。日本酒を買ってこいと頼まれた真面は、わざわざ屋敷で車を借りてスーパーまで行ってきた。そして山ほど並ぶ日本酒の中からセール品の、中でも特に安かった黒松剣菱を買ってきたのだった。そもそも真面は酒をほとんど飲まない。特に銘柄の指定も受けなかったので、一番安い酒を選ぶのは当然であった。

「いやな、黒松剣菱だって別に悪かないよ。これはこれで味のある酒だよ。たまに飲みたくなる時もあるよ。だがなお前、人に頼み事をする時の酒じゃなかろうよ……」

「というか」真面は眉をひそめる。「まさか、君が飲むつもりなのか？」

「何を今更」

「未成年だろう君は」

「はん」

みさきは真面の説教を一笑に付した。

「つまみも一切買ってこんとは……なんと使えぬ男か」

みさきはぶつくさ言いながら再び袋を覗いた。

「そしてこれだ！」

袋から勢い良く取り出されたのは、女性ファッション誌だった。

「25ans《ヴァンサンカン》！」

「ヴァンサンカンて読むんだ」

「読むんだじゃないわ……なんで25ansなんぞ……こっちは指定したぞ！　Seventeenだと言ったはずだ！　絶対に！」

「それは無かった」

「がー！」

動物面の少女が吠《ほ》える。顔も妙ならば鳴き声も妙な動物になっている。

「私の格好を見ろ！　制服！　どうみても中学生だろう！　せいぜい勘違いしても高校生だろうが！　Seventeenが無かったのはしょうがない。お前のせいではない。それは責めん。だが代わりを買ってくるなら年齢層を考えた本をチョイスするべきじゃないのかな？　ん？　miniだってnicolaだってあっただろう……なんで!?　なんで25ans!?」

「知らないよそんなの……ヴァンサンカンだっていいじゃないか」

「座れ！」

みさきがベンチを指差す。真面はしぶしぶ腰掛けた。

「見ろ、これを」みさきは25ansのページを捲る。中には華やかな髪型がよく似合う大人のモデル達がずらりと並んでいる。

「見てみろ、このフェミニンなランダム巻きを。溢《あふ》れ出《で》るエレガント感。私にこれができると思うか？」

言われて真面はみさきの頭を見た。面をかぶっているから前髪は判らないが、後ろ髪は首がやっと隠れるくらいの長さだ。脱色もしておらず真っ黒なストレートである。フェミニンなランダム巻きができるかできないかはともかくとして、多分やらない方が良いのだろうとは思った。

「そうだなぁ」

「本当に解っているのか……ほれ、これも見ろ」みさきはさらにページを捲り、メイクのコーナーを開いた。

「このエレ女メイク！　この艶やかなオレンジリップ！　こんな化粧の中学生が居たらやばかろうよ」

エレ女メイクというのがどういう顔を指しているのかはよく解らなかったが、中学生がこれをやっていたら流石に化粧が濃いなと真面は思った。

「中学生でこれは無いね。やめたほうがいい」

「阿呆。する気もないわ。中学生だぞ。素材が輝いている時期なのだぞ。こんな勿体《もったい》無《な》い化粧、百害あって一利無しだろうが」

真面は、お面の女に化粧について説教される事に痛烈な理不尽さを感じたが、そんな事を言える雰囲気では無かったので黙っている事にした。

みさきは「もうよい」と言って、袋の中からおちょこを取り出す。それも彼女に買ってこいと言われたものだった。一個を真面に放り投げると、もう一つを自分で取りあげる。

「注げ」

「いや……。流石に飲ませるわけにはいかないよ。未成年に酒を注いだりしたら問題だ」

「本当に融通の利かないやつだ……。大丈夫。飲まんよ。一滴も飲まん」

「じゃあなんで注がせる」

「酒の飲み方も知らんお前には説明できんよ。はやく注げ。一滴でも飲んだら引《ひ》っ叩《ぱた》いてよいから」

そこまで言うなら、と真面は酒を注いだ。飲んだら引っ叩けばいいだけの事だ。

おちょこが酒で満たされると、みさきはベンチの板の上にそれを置いた。そして代わりに瓶を取り、「ん」と真面に向ける。

「いや、僕は飲めない。普段も酒は飲めないけれど、今は借りた車で来たから。飲んだら帰れなくなる」

「一杯くらい構うまいよ」

「駄目だってば」

「酒に付き合うまでが約束だ」

「そんな約束はしていない」

「ほれ」

「あっ」

真面がほんの少し油断した隙に、みさきはおちょこに酒を注いだ。一気に注がれた酒がおちょこから溢れる。

「ああもう、こぼれたぞ」

「すすらんからだ。勿体無い。早く飲め」

真面は観念してそれを飲んだ。小さなおちょこはいっぱいに注いでもいくらも無いが、酒が好きではない真面は一気に喉に流し込んだ。飲んだというよりは飲み込んだという感じだった。みさきはそれを見て首をもたげる。声こそ出さないが、面の下では笑っているらしい。

「飲んだよ」真面はおちょこを置く。

「そうな」

そう言うとみさきは自分のおちょこを持ち上げた。真面は、みさきが酒を飲むのを止めるべく身構える。飲むにはお面を外すなり、ずらすなりしないといけないだろうから、その素振りを見せたら引っ叩こうと考えた。

だが残念ながら真面の手の出番は無かった。みさきは面を付けたままで、面の口元におちょこを持ってきただけだった。面の口には穴が開いていないので、当然そのままでは飲むことは出来ない。みさきは面の口元に持ってきた杯を傾けるわけでもなく、おちょこをただただ水平に持っている。

「飲まないのか？」

「飲んでいるよ」

みさきは平然と答えた。だが飲んでいない。酒は一滴も減っていない。

「飲んでないじゃないか」

「飲ませたいのか？」

「いや、そうじゃないけれど……」

「言ったろう？　酒の飲み方も知らんお前には解らんと」

そう言うとみさきは満たされたままのおちょこを置いた。結局みさきは一滴も飲むことはなかった。

「で」

「で？」

「彼女とかいないのか」

「なんで君にそんな話をしなきゃならないんだ」

「単なる世間話だ」

「なんで君と世間話をしなきゃならないんだ」

「私と世間話をするのが嫌か」

「別にそういう訳ではないけれども……」

「ならよかろう」

真面は調子を狂わせる。どうもみさきのペースに乗せられてしまっているような気がする。

「どっちなのだ。いるのか」

「いないよ」

「不犯《ふぼん》かお前」

「ふぼん？」

「童貞ということ」

「ど」真面はどもった。「……あんまり女の子が使う言葉じゃないんじゃないか」

「古臭いことを言う。そうだ、ならあれはどうだ。影面のとこの娘。確か水面だったか。あれは器量好しだ」

「水面を知ってるのかい？」

「知っているよ。最近見ないが、学生の時分にはもう大層な美形だったからな。今頃良い女になっていることだろう」

「今帰ってきてるよ。綺麗になっていた」

「ほう。良いタイミングではないか。行け」

「行けって言われても……」

「こういうのはタイミングだぞ。一にも二にもタイミングだぞ。過ぎてからでは遅いのだ。あれだ、おまじないでも教えてやろうか？」

「いや、水面は家族みたいなものだから。そういうつもりは全然無いよ」

「ふぅん？」

みさきが顔を向けてくる。面の双眸《そうぼう》が真っ直ぐに真面を見ている。漆黒の穴からは彼女の瞳が全く見通せない。本当に自分を見ているのだろうか。それすらも判らなかった。

「なるほどな」みさきがつぃと視線を外して呟《つぶや》く。「お前は嘘吐《うそつ》きだな」

「嘘吐き？」急に嘘吐きと揶揄《やゆ》されて、真面は眉根を寄せた。「どういうことだい？」

「言葉のままだ。他意はない」

そう言うとみさきは、さっき放った25ansを引き寄せて、ぱらぱらと捲った。質問にそれ以上答える気は無さそうだった。

真面はかなり帰りたくなっていた。

「その、すまないけど……夕食の時間もあるんで、そろそろ戻りたいんだ」

「なんだ、帰るのか」みさきは顔を上げて雑誌を閉じた。「付き合いの悪いやつだ。まぁいい。私も、もう帰る」

みさきは雑誌を持って立ち上がる。真面は慌てて声を掛けた。

「ちょっと待ってくれ。石の話は」

「そうか、石の話か」みさきは振り返って石の方を見た。

「あの石はな、体の石というのだ」

「それは知っている」

「なんだ、知っていたのか」みさきは平然と言う。「それは悪いことをしたな」

「石の話って、まさかそれだけか」

「すまんな」

真面は眉根を寄せた。もしかして自分はこの少女にまんまと騙《だま》されて、雑誌と酒を買ってこさせられたのだろうか。わざわざ車まで借りてきたというのに。

しかしみさきは、真面の反感など微塵も気に留めていない様子だった。「じゃあな」と手をひらひらさせると、再び歩きかかる。

「ま、待ってくれ。代わりに質問がある」

「ん？　なんだ？」みさきが立ち止まって答える。「石の詫びに、なんでも答えるぞ」

「その……」

真面は質問を吟味して、聞いた。

「なぜ面をかぶっているんだ？」

みさきは「ストリート系ファッションだ」と言い放って、帰っていった。

広場のスポットライトの下に、まだたっぷりと入った黒松剣菱と真面が残された。

みさきは結局掃除をしなかった。

一二月　二六日

1

建物の中には、ほのかなカビの匂いが漂っていた。窓から差し込む陽光が心地良かったが、本の保存という点ではあまり好ましくないのではないかと真面は思う。

真面と水面は図書館に来ていた。連根山から一番近い図書館なのだが、それでも車で十五分はかかる場所にある。二人は地元の郷土資料を探そうとしていた。心の箱や体の石について、何かしらの記述がないかを調べるためであった。

公民館のような建物の中には、スチール製の本棚が所狭しと並んでいる。限られたスペースを活用するためか、棚と棚の間の通路はかなり狭い。真面が目をやった棚にはハードカバーの小説がたくさん並べられていた。どの本もかなり年季が入っていて、背表紙のシールがみんな色褪《いろあ》せていた。

「二階みたいですね」

水面が壁に掛けられた案内図を見て言う。

リノリウムの階段を二階に上がる。上がった左手、資料室と書かれた部屋には、長机が六卓とパイプ椅子が並べてあった。

中には誰もいない。部屋の壁を囲む棚には、新聞のバックナンバーと分厚い辞書のような本がぎゅうぎゅうに詰められている。

二人は資料室の本棚から、めいめいに本を探した。これという目的の本があって来たわけではない。棚を順に眺めながら、地元の古い話が載っていそうな本を選び出しては机に積んでいった。

とりあえずの数冊を選んで、二人は席に着く。真面が最初の一冊目のページを開くと、それを二行と読まないうちに向かいの水面が話しかけてきた。

「それでお兄様。そのお面の女の子の事ですけれど」

真面は昨日屋敷に帰ってから、広場での出来事を水面に一通り話していた。制服姿にお面の少女。その少女が広場の掃除をしていると言っていた事。石の情報に釣られて、買い物をさせられた事。

「お兄様を手玉に取るなんて。なかなかやりますね」

「まんまと騙された」

「私、今朝お母様に聞いてみたんです。広場のお掃除をしている人を知っているかって。そうしたら、そんな人は知らないって言っていましたよ。『屋敷の人は知ってる』って話も嘘なんじゃないかしら」

「うーん……じゃあ許可が出ているわけでもないのか。でも、掃除をしてる事自体は本当じゃないかと思う。誰かが掃除をしてるのは間違いないようだし」

「そうですね。あんな何もない広場を掃除する酔狂な人が、そんなに居るとも思えませんもの。その子、中学生だったんですか？」

「自称はね。まぁ制服を着ていたから、それも嘘ではないと思うんだけど。紺色のセーラー服だったな。赤いリボンで」

「もしかして、黒いタイツをはいていませんでした？」

「そうだね。確かにはいていた。水面、知ってるの？」

「なら多分、木野中《きのちゅう》の生徒ですね。山を下りてすぐの所です。山の周りの子はみんなそこに通ってますよ。私は私立でしたけれど」

「やっぱり近所の子なんだ」

「それでお兄様は……」水面がテーブルに身を乗り出す。「率直なお話、そのお面の女の子は、遺言状の〝面〟と関係があると思います？」

「わからない」真面は素直に答えた。「実物の面が現れたことは確かだ。これで箱・石・面の三つが、物として揃ったことにはなる。でもあの面が遺言状の面だという保証はどこにも無いしね。その辺のお祭りで買ったお面かもしれない」

「ではお面の少女は関係ないと？」

「そうは言っていない。むしろ関係がある確率の方がとても高いと思ってるよ。今回の場合は偶然だと言い切る方が難易度が高そうだ」

「たまたま、にしては出来過ぎていますね」

「うん。面をかぶって徘徊《はいかい》している子なんて、そうは居ない。そしてそんな子が体の石の近くに偶然現れる確率は、さらにもう一段低くなるだろうね。やっぱり少し出来過ぎている気がするよ。まぁ確率の印象の話なんて、何の当てにもならないけれどね……」

「印象は大切だって、三隅さんがおっしゃってましたよ」

「そういう意見もある」

「とりあえず、どちらのお宅の子なのか知りたいですね。うちの山のお掃除をしてくださってるならお礼もしたいですし。お兄様、名前だけじゃなくて苗字も聞いておいてくださらないと」

「うん。今度会った時に聞いておこう」

「あ、でも……。その子、また広場に来てくれるのかしら……」

「また来る気はする」

「あら、どうしてです？」

「暇そうだった」

2

二時間ほどしてから、真面たちは図書館を後にした。

あれから郷土資料を調べてみたが、体の石や心の箱と思われるような記述は見つからなかった。調べ物の間、真面は意味のありそうな情報を探していただけだったが、水面は関係のなさそうな郷土の話も楽しそうに読みこんでいた。人文学部の水面と工学部の真面では、やはり興味の方向が違うようだ。水面はさらに何冊かの資料を貸り出していた。読み切れなかった分は家で読むのだという。

「妖怪ですって」助手席の水面が、借りた本を捲りながら言った。

「妖怪？」

「ええ。この地方で、大きな獣の妖怪が暴れ回ったという逸話が残っていますよ。奈良時代の頃ですね」

「奈良時代って言ったら一三〇〇年も前の話だね。どんな妖怪？」

「この文献には大きな動物ということくらいしか……一飛びで山を飛び越えたとも書いてあります。本当かしら」

「そこはまぁ作り話だから。そんな大きな動物がうろうろしてたら、普通に生活するのもままならないだろうしね。最後は退治されたのかな？」

「あんまり詳しくは書いてありませんね。あと、平安時代の鬼女の話もあります」水面は楽しそうに本を読み進めている。

「私、地元の歴史にも少し興味が出てきました」

「じゃあ卒業したら実家に戻ってきたら？　叔父さん達も喜ぶだろうし」

「あら、私はこのまま院に行くつもりですけれど」

「院か。博士まで行くつもり？」

「そうですね……折角ですから、じっくり腰を据えてやってみたいと思いますね。お兄様はどうなんです？」

「今のところは僕も、博士に進もうと思ってる」

「今のところって、何か別の進路をお考えなんですか？」

「いや、特に。でも同じ研究室の友達に言わせると、院の一年目は将来の事を考える時期なんだってさ」

「それって、院に進学される前に考えた方が良いんじゃないかしら」

「全くその通り。まぁ僕も進路に関しては、確固とした目標があって決めた訳じゃないからね。そいつの事を兎《と》や角《かく》言える立場じゃないんだ」

「私、お兄様は研究者になりたいのだと思っていました」

「今のところは、ね」真面は適当に答えた。車は広い県道を悠々と進む。これだけ車が少なければ運転も楽しいと真面は思った。

「さて、お兄様。これからどうします？」

「帰るんじゃないの？」

「せっかく車で出てきたんですから。どこかに行きません？」助手席から水面が魅惑的な笑顔を向けてくる。

「スーパーに寄る？」

「そうではなくて……もっと二人で遊べる所です」

「そんなのあったっけな……」

　真面は考える。少なくとも視界の中に無いのは確かだ。そして助手席の水面も考えている。別に心当りがあって言っていた訳ではないようだ。

「昔来た時は、確かドムドムバーガーが有ったよね」

「ドムドムバーガーで何をして遊ぶというんです」

「ハンバーガーを食べられる。遊ぶことはできないけど」

「あのお店は潰れました」水面は冷たく言った。

「潰れちゃったのか。じゃあこの辺りの人、困ってるんじゃないの？　数少ない外食屋だったのに」

「代わりにマクドナルドが出来ましたから」

「なるほどね。じゃあ」

「行きませんからね」水面は再び冷たく言った。

「あと何か施設といえば……ああ、そういえばあったね。娯楽施設が」

「え？　どこです？」

「ほら、この道沿いにあるじゃない。健康ランド」

「お兄様……」水面は悲痛な顔をした。何がいけなかったのだろうと真面は思う。

「……まぁ確かに、この辺りに遊べる場所なんてありませんものね。お兄様が来ていない間に新しくTSUTAYAと、大きなチェーンの電機屋さんができましたけど。TSUTAYAに喜んで通っているのなんて高校生くらいですもの」

「電機屋は好きだよ。PCはある？」

「ありますけど……パソコンを眺めて楽しいんですか？」

「それなりに。友達とよく行く」

「私には理解しかねます」

「その友達は、蒔田ってやつなんだけど。よく彼女を連れて行くって言ってたよ」

「彼女さんは、その蒔田さんの趣味に付き合わされているんでしょう？　かわいそうだわ」

「でも蒔田はその子と同棲《どうせい》してるからね。彼女と一緒に家電を見たりするんじゃないかな。二人で使うものだろうから、一緒に楽しく選んでるんだと思うよ」

　水面は少し考えてから言った。

「電機屋さんに行きましょう」

いたのだった。

3

真面は、買おうと思っていたUSBメモリを安く手に入れられてご機嫌だった。電機店は丁度年末のセールをやっていて、USBメモリは日替わり商品の目玉になっていたのだった。

対する水面は当てが外れてがっかりしている。彼女はどうやら、二人で新婚のように家電を眺める遊びを思い付いたようだったが、その遊びは両者の協力がないと成り立たないものだったため、当然ながら失敗に終わった。

帰路を行く車は、屋敷への坂道を登っている。

「お兄様。広場に寄っていきません？」水面が提案する。

「体の石を調べるの？」

「ええ。実物が近くにあるんですから、フィールドワークは頻繁にやっておきたいですもの。それにもしかしたら、そのお面の女の子が来ているかも」

「どうだろう。流石に毎日は来ないんじゃないかな」

車を広場への道の入口に寄せて止める。道を塞いでいるチェーンを外せば車で入って行くこともできるが、歩いてもすぐの場所だ。

二人は砂利道を登って行った。

広場に出ると、体の石の前にコート姿の人影が佇んでいた。

「お兄様……あの子ですか？」

「うん。昨日の子だと思う」

二人は人影に近づいていく。足音に気付いて振り返った顔には、昨日と変わらず白い動物のお面がかぶさっていた。

「今日は二人か」みさきは言う。「そっちの娘は……もしかして水面か？」

「え？　ええ」いきなり名前を呼ばれて水面は困惑する。みさきは水面を知っているようだが、水面の方はやはりみさきに見覚えがないようだ。

「これはこれは。お美しくなられて」

「ありがとう」水面は優美な微笑を見せた。年上に対する態度がなっていないみさきに対しても、あくまで上品に振舞っている。

「私の事をご存知なのね」

「知っているよ。水面お嬢様」

「貴方は、麓の子？」

「そうだ。新田《しんでん》の方に住んでいる」

「ここでは何をなさっているの？」

「そっちの阿呆に聞いていないのか。掃除だ、掃除」

阿呆呼ばわりされた真面だが、まぁこの子はこういう子だと昨日身体《からだ》で学んだため、別段何を思うでもなかった。そんな真面の代わりに、水面が不機嫌な表情を見せる。

「お兄様は阿呆ではなくてよ」

「おや？　お前ら兄弟だったのか？」

「いいえ。従兄弟です」

「なるほど。まぁ立ち話もなんだな。そこに座れ」みさきはベンチを顎で指す。「そうだ阿呆。お前、昨日の酒を持って来い。まさか捨ててはおらんだろうな」

「いや、捨ててはないけど……」またもやお使いに行かされそうになった真面は、流石に抵抗の表情を見せる。その時、水面がこっそりと耳打ちをしてきた。

「お兄様。ここは一つ話に乗りましょう。この子の身元も、お面の事も聞き出さないといけないですし。それに私、二人きりの方がやりやすいです。こういうのは女同士の方が話が弾むものですから。お兄様が戻る頃には一通り聞いておきます」

真面は頷いた。みさきの相手は面倒だし、水面がやってくれるならばそれに越したことはない。

「じゃあ取ってくるよ」

「今日は飲めないとか言うなよ。歩いていけ」

4

二十分後、広場に戻ってきた真面を迎えたのは水面のよく響く声だった。

「お兄様は本当に阿呆なんです！」

真面は悲しい気持ちになった。

「なー。健康ランドはないよなー」

「健康ランドって……私まだ二十二ですよ……なのに健康ランド……」

「まぁそういうな。阿呆なのはあの男であって健康ランドではない。それにあそこの温泉はなかなか良いのだ。美白の効能もあるぞ」

「まぁ。本当？」

水面とみさきは何もない広場のベンチで大層盛り上がっていた。学生の頃、クラスの女子がああいう盛り上がりを見せていたなぁと真面は思い出す。大学生と中学生でもそれは可能らしい。

「あ、阿呆がきた」みさきが言うと、水面はハッと真面の方を向いた。表情から察する限り、残念ながらまだ何も聞き出せていないらしい。

「はい。昨日の酒」真面は袋を差し出した。

「お」みさきが袋の中を覗く。中には酒の他に、帆立貝の紐《ひも》の干物が入っていた。

「貝ヒモではないか」

「もらってきた」真面は昨日つまみが無いと怒られた事を思い出して、熊に頼んでつまみを出してもらっていた。

「なるほど。学習はできるか。よろしい、お前は阿呆からプチ阿呆に格上げしよう」

「それはどうも」

「お兄様は阿呆ではありません」水面が取り繕って言う。みさきが袋から酒瓶を出しながら「お前ずるいなあ」と呟いた。

みさきが二人におちょこを渡し、酒を注いだ。そして自分の器にも酒を注ぐ。

「お兄様、この子、お酒を飲むつもりなんですか？」

「いや、その子は飲まないんだ」

「そういうことだ」

水面は二人のやりとりがよく解らず首を傾げた。

三人に酒が行き渡ったところで、水面は気を取り直して居住まいを正した。どうやらここからが聞き出しの本番らしい。

「さて。みさきさん」

「なんだ」

「苗字はなんとおっしゃるの？」

「舞面」

水面と真面が顔を見合わせる。

「冗談だ。沢渡《さわたり》という」

「変な冗談を言わないでください。関係者かと思うじゃないですか」

「何の関係者だ」

「う。うちのです」

早速尻尾を出しそうになっている水面を見て真面は思う。これは駄目だ。

「関係者も何も、この狭っ苦しい町じゃあみんな関係者みたいなものだろう。特に舞面の家は祭りの時もよう金を出してくれるし、みんなありがたく思っとる。うちの者も『水面ちゃんは町内みんなの子みたいなもんだからねー』と言っていた」

「それは……どうもありがとうございます」水面は微妙なお礼をした。

「なんだ。何か聞きたいことがあるのか」

「ええ、いくつか。例えば……」水面はわざとらしく顔に手を当てた。「そのお面の事とか」

「なぜ面のことなど聞きたがる。お前らはその石を調べているんではなかったか？」

「そうですけど……。でも気になるでしょう？　お面をかぶっているなんて」

「ふむ」みさきは座ったまま空を仰いだ。少しの沈黙の後、上を向いたままで呟く。

「教えてやらんでもない」

「本当？　じゃあ教えてくださる？」

「まぁ待て。条件がある」

「条件、ですか」水面が訝《いぶか》しむ。

みさきは真面の方に顔を向けた。「お前、ちょっと離れていろ」

「離れていろって……」

「あそこのごみ焼き場くらいまで行っておけ。水面と話がある。終わったら呼ぶから」

真面は首を傾げつつも、言われた通りに遠ざかる。いったい水面にどんな条件を出す気なのだろうか。

とぼとぼとごみ焼き場まで離れた真面は、漂う焦げ臭い匂いに気が付いた。焼き場の中では落ち葉を燃やした火がくすぶっている。どうやら今日は掃除をしたようだった。

真面は周りを見回した。広場は石と砂利がごろごろしている。ほうきで掃きづらそうな場所だなと思った時に、真面は掃除用具が見当たらないことに気付いた。もしかして落ち葉を一枚一枚手で拾って回っているのだろうか。

「ええっ！」

真面は振り返る。水面の叫び声がベンチからここまで届いたのだった。見れば音量を下げつつも、水面がまだかなり騒々しくみさきと話している。どんな条件を出されたというのだろう。

しばらくして、みさきが手を上げて真面を呼んだ。話が終わったらしい。真面はベンチまで戻った。

「ほれ」とみさきが水面を促す。

「ええと……私たち三人で、健康ランドに行くことになりました」

「うん？」真面には話が見えない。何をどうしたらそういうことになるのだろう。

「久しぶりにあそこの風呂に浸かりたい」みさきが言った。「連れていけ」

「別に構わないけど」

「みさきさんがこう仰るのですから、しょうがありません」

「で、いつ行くの？　この後？」

「いんや。予約がいる。年末はそれなりに繁盛しているからな。まぁそれでも今日電話すれば、明日なり明後日《あさって》なりの予約が取れよう」

「健康ランドって予約がいるものだったっけ」

「泊まりだからな」

「ええ、泊まるの？　そんなに遠くないのに？」

「この面の話が聞きたいのだろう。それくらいの甲斐性は見せろ」

「君、親御さんの許可取れるのかい」

「舞面の家の者と一緒だと言えば問題ない」

「しかしなぁ……」

渋る真面に、水面が耳打ちをする。「言う事を聞いておいた方が良いと思います。本人が話す気になってるんですから……」

「お、そうだ。水面」みさきが声を掛けながら、学生鞄を漁って携帯電話を取り出した。「メアド交換しとこ」

5

屋敷に戻った二人は、健康ランドに電話をして宿泊の予約を取った。みさきの言う通り年末は混み合っているらしく、部屋の予約が取れたのは二日後になってしまった。叔父の頼み事を片付けて早くアパートに帰ろうと思っていた真面は、思ったより長居しなければいけなさそうな気配に気持ちが萎える。

夕食の食卓には叔父の影面、叔母の鏡、水面、真面の四人が揃っていた。一昨日は三隅が同席していたし、昨日は影面の帰りが仕事で遅くなっていたので、家族だけで食卓を囲んだのは今日が初めてだった。

「真面さん、遠慮しないで召し上がってね」鏡が嬉しそうに言う。「ごはん、まだありますからね」

「この料理、全部鏡さんが作ったんですか?」

「ええ、熊さんと二人でね。やっぱり人が多いと良いわねぇ。料理のしがいもありますよ。普段は主人と二人だけだから、熊さんにおまかせしてしまう事も多いのだけど。でも熊さんのお料理は、その、なんて言えばいいのかしら……………

「……洋風だから……」

鏡が語彙の限界と戦っているのを見て、真面は辛《つら》い気持ちになった。

「あれから心の箱について何か判ったかい？」

影面が真面に調査の進捗を聞いてくる。丁度真面も、昨日話せなかった分を今日報告しようと思っていたところだった。

「心の箱、調べてはみたんですが。やっぱりここではっきりした事は解りませんでした。これから先の調査は設備が必要ですね」

「そうか。確かにこの家では中々難しかろうな。水面の方はどうかね」

「今、図書館で借りてきた文献を当たっていますけど……望み薄ですね。あと、箱と石の写真を大学の友達に送りました。もしかしたら向こうで何か調べが付くかもしれませんから」

「うん。まぁ気長に取り組んでくれればいい。何せ何十年も解かれなかった謎だからな。それがほんの二、三日で解明されるとは思っていないよ」

「それで叔父さん。一つ提案なんですけど」真面が言う。「あの箱を、僕の大学に送って調べてみても良いでしょうか？」

「ふむ？」

「本当は僕が借りて、持って帰ろうかと思っていたんですけど。ちょっとこちらで約束ができてしまって。でも研究室には機材がありますし、暇にしてる友達もいますから、送れば結果と合わせて数日で戻ってくると思います。持ち出しても構わなければですけど」

「それは別に構わないよ。箱の扱いさえ気を付けてくれるならば何の問題も無い。あの箱は、いつか専門の業者にきちんと調べてもらおうと思っていたのだから。それを今やってもらえるのなら願ったり叶《かな》ったりだ。もし検査にお金がかかるようなら、こちらから出すが」

「お金は多分必要無いと思います。研究室の教授もああいうの好きですから」

「真面目君の大学の機械を使えば、あの箱についてもう少し詳しく判るものかい？」

「ええ。中が見られるかもしれません」

「え！」水面が声を上げた。「お兄様、機械で箱の中身が見られるんですか？」

「金属板の材質と厚みによるけどね。薄ければX線の強度を上げて、透過させることもできる。周りの壁が厚過ぎたり、X線を通しにくい金属が入っていたりした場合はお手上げだけどね」

「では、心の箱のことは真面目君にお任せしよう」影面が言う。「あと体の石だが……

まぁ何も判らないか」

「ええ、さっぱり」水面が答える。「どこからどう見ても単なる石です。継ぎ目が無いかと周り中を見てみましたけど、そんなものは一切ありませんでしたもの」

「そうだな。あの石は私も生まれた時から見ているが、そんなものには気付いたことがない」

「ですからもし何かあるとしたら、後は石の下側くらいしか残ってません。体の石をどけたその下に何か隠されているか。もしくは石の底面に何かが残されているか。ねぇお父様、一度あの石を持ち上げてみません？　お父様の会社の建機を使えばできると思うんですけど……」

「それは可能だろうね。だが実を言うと、その必要はない」

「え？　どうしてですか？」

「体の石はね、私が若い頃にあの場所に移動したものだからだよ」

「ええ！」水面が驚きの声を上げる。

「お前が生まれる前の話だ。体の石は今でも広場の隅にあるが、昔はもっと森に寄った場所にあったんだ。だがその辺りは地面の土が軟らかかったから、雨でも降った時に崩れてしまうんじゃないかと危惧してね。なので体の石を持ち上げて、地盤のしっかりした方へ少し移動したんだよ」

「じゃあ、石の底には……」

「もちろん移動するときに底側を見たが、残念ながら何もなかった。石が元々あった場所も、地面を補強するために一度掘り返したよ。結局何一つ出てこなかったがね」

「そんなぁ」水面が嘆いた。「本当に何も出てこなかったんですか？　埋まっていた物が小さくて、見落としたりしたんじゃありません？」

「流石にそこまで細かくは見ていないが……何もなかったと思う。ある程度の深さまでしか掘っていないから、もしかしたらもっと深いところに、何かあるのかもしれんがね」

「うーん、深いところ……」水面は少し考えてから言う。「お父様、ショベルカー出せません？」

「本当に掘る気か？」影面は顔をしかめた。

「だって、もうそれしかありませんもの。石の中に入れたわけではない。石の底面に残したわけでもない。ならばもう石の下に残したとしか考えられませんわ。見落としたので無いのなら、もっと深くまで掘ってみるべきです」水面は声高に主張する。

「今は忙しくないから、機械を出すことはできなくは無いが……」影面は渋る。「掘るのは少し待ちなさい。箱の方の結果が解ってからでも良いだろう」

「では、箱の結果が届いたら掘りましょう」水面は平然と言う。こういう物の考え方は、この子の魅力の一つだと真面目は思っている。もちろん困るときも多々あるのだが。

「そうだ、それよりお父様」水面が話を変えた。「お面です」

「お面？」

「ええ。あの広場でお兄様と私、会いましたの。お面をかぶった女の子に」

水面の言葉を聞いた瞬間、影面の表情が急に曇った。

「面をかぶった……女の子？」

「え？　ええ、そうです」それに気付いた水面は戸惑う。

影面は眉をひそめて視線を落とした。何かを思い出そうとしているようだった。

「お父様、どうかなさいました？」

「白い、狐のような面か？」

水面が目を見開いて驚く。「そうです。白い動物のお面です。お父様、知ってらっしゃるの？」

真面が情報を補足する。「和面ぽい感じの縦長のお面でした。上側に耳が二つ付いていて、狐か犬のような、判断しにくい感じのお面です」

真面の説明を影面は視線を落としたままで聞いている。表情は先程と変わらず厳しい。二人は影面の言葉を待った。

「その面は知っている」

影面は二人に、後で部屋に来てほしいと言った。それからは、影面の沈痛な面持ちに阻まれて、面の話をすることは出来なかった。

6

真面と水面は舞面影面の書斎に入った。

和室の中にはガラス戸の付いた本棚と、大きな机が置かれていた。木製の机は相当年季が入っていて、影面の愛用品であることが窺《うかが》える。卓上には書類をしまう引き出しに電気スタンド、文鎮などが置かれていた。和服姿で椅子に座った影面は、会社の社長というよりは、やはり作家のようだと真面は思う。

「お父様」水面が声をかける。

「その椅子を使いなさい」

二人は影面が指差した椅子にかけた。書斎の机をはさんで、影面と向かい合う。

影面の表情はやはり優れない。

「お父様。先程、動物のお面を知っているとおっしゃいましたけど……」

「ああ」

影面は返事をしながら、卓上に置かれていた紙製の箱を手に取った。Ｂ４ぐらいの大きさのそれは平たく薄い。額や写真立てが入っていそうな形の箱だった。元々は白い箱のようだが、かなり古い物らしく、紙が黄色く変色してしまっている。

影面は二人の前にそれを差し出した。

「見てもらうのが早い」

水面が箱を卓上に置いたまま、両手で蓋を持ち上げた。

中に入っていたのは、額に納められた白黒の写真だった。

その写真には一組の男女が写っていた。右に和装の男が立っている。左では少女が椅子に腰掛けていた。

だが真面と水面の視線は一点に注がれた。

何故《なぜ》ならその少女の顔には、あの白い動物の面がかぶさっていたからだ。

二人は驚きを隠せない。

「これです！　お父様、このお面です！」水面が興奮して言う。「この写真はいったい……」

影面は重い口を開いた。

「その写真に写っている男性、それが舞面彼面だ」

二人は再び写真を見た。

二十代の半ばくらいの男が、優しそうな微笑みを湛えている。ただ、その顔はかなり痩せて見えた。微笑んではいるが、あまり健康そうには見えない。この人物が舞面財閥の始祖、舞面彼面なのか。

「私の祖父であり、君たちの曾祖父に当たる。その写真は二十代の中頃に撮ったものらしいから、彼はそれから十年ほどしか生きられなかったことになるな。写真からも判るかもしれないが、舞面彼面は体の弱い人だったそうだよ」

「この隣の方は？」水面が写真の少女を指差して聞く。

面の少女は白いブラウスに黒く長いスカートをはいており、昔の女学校の生徒のような服装をしていた。だがそんな上品な格好にそぐわず、少女は肘掛に頬杖《ほおづえ》をつきながら足を組んでいて、その態度は余りにもふてぶてしい。

「うむ……」影面は少し含んでから言う。「実は判らないのだ」

「判らない？　誰だか判らないんですか？」

「そうだ。名前は判らない。写真はその一枚しか残っていない。そして面をかぶっているから顔も判らない。その女の子が誰なのか、舞面彼面の何なのか、私は知らないし、私の父も知らなかった」

「彼面さんのお子さんにしては大きいですし。親戚の子か何かかしら……」水面が写真を見つめながら考える。

「しかしこの子」真面も再び写真を見て言う。「なんというか、偉そうですね」

「そうですよね。だってお父様。この写真の時の彼面さんて、もうかなりのお金持ちだったんでしょう？」

「そうだな。この写真を撮った時には銀行業から多角経営に乗り出そうとしていたはずだから、既に一財を築いている頃だ」

「だったらもう企業のトップじゃありませんか。そんな偉い人を差し置いてこの態度。やっぱり親戚のやんちゃさんじゃあないのかしら」

「親戚かどうかも定かではないが」影面が言う。「この女の子に関する別な話を聞いたことがあるよ」

「どんなお話です？」

「うん。これは私の父に聞いた話だが。多分父も人から聞いた話のはずなので、真偽の程は判らんのだがね。舞面彼面は、この面の女の子と行動を共にする事がまま有ったそうだ。例えば出かける時に連れ歩いたり、時には商談の席に立ち会わせたという話もある」

「商談に、お面の女の子を連れていったんですか？」水面は首を傾げた。

「何のためにかは判らない。ただ、この女の子は役員に近い待遇を受けていたという話もあるんだ。それも私の父が親戚づてに聞いた話だろうから、どこまで本当かは解らないがね。なにせ父が生まれたばかりの頃の話だ」

「舞面財閥の役員待遇って、大変なことじゃあないですか。いったい何者なのかしら、この人……」

影面は写真に目を落とすと、軽く笑みを零《こぼ》した。

「この面の少女の話を聞いたときは、私も色々と推理を巡らせたものだよ。例えば、舞面財閥の経営の事を考えていたのは実は彼女で、舞面彼面のブレインのような役割だった、とかね。まぁどれも突拍子もない想像ばかりだった」

言って影面は机上のコーヒーに口を付けた。先程よりも少し落ち着いた様子だった。

それを見た水面がふと気付く。

「ねぇお父様」

「ん？」

「さっき、食事の時にお面の話が出ましたよね。その時のお父様が、とても難しいお顔をされたような気がしたんですけど……」

水面の問いに、影面の表情が再び曇った。

「お父様、勘違いでしたらごめんなさい。このお面に関して、まだ何かあるんですか？」

影面は水面と目を合わせずに、静かにカップを置いた。部屋に沈黙が下りる。破ったのは影面の細い呟きだった。

「私も、その面をかぶった女の子に会ったことがあるんだ」

二人は目を丸くした。

「いつ、どこでですか？」水面が影面の言葉に食いつく。

「あれは、私が子供の頃だ。もう何十年も前、確かその時は小学生だったはずだ。私はあの広場で、体の石がある広場で、一人で遊んでいたんだ。時間を忘れて遊んでいるうちに、辺りは暗くなっていた。だんだんと怖くなった私は、早く家に帰ろうと思った。その時だ。広場の入り口に人が立っていた。今でもはっきりと思い出せる。それは紺のセーラー服を着た、髪の長い女の子だった。そしてその顔には、この白い動物の面がかぶさっていたのだ。小さかった私は、その女の子をお化けだと思った。いや正直に言えば、今でもあれはお化けじゃないかと思っている。私は恐怖に駆られて走った。お化けに捕まらないように、女の子を大回りでかわして、そのまま全力で広場から逃げ去った」

影面は椅子の背に深くもたれた。

「結局それきりだった。それ以降は、面の女の子と会う事は一度も無かった。私が広場に行かないようにしていたせいもあるが」

影面は自嘲気味な笑みを見せる。

「そんな幽霊のことも、この写真の事も、すっかり忘れてしまっていたんだよ。さっき水面の話を聞くまではね。思い出して、つい焦ってしまった。あの面の女の子がトラウマになっているのかもしれん。情けない事を言うが、あの時、私は本当に怖かったんだ」

影面が長い息をついた。その表情は大分和らいでいる。二人に話した事で、気持ちが解放されたのかもしれない。

そして、そんな影面とは対照的に、今度は水面が眉間にしわを寄せながら真剣に考え込んでいる。

「お父様。お父様が見た女の子って、本当に学生さんだったんですか？　だってお面をかぶっていたんでしょう？」

「もちろん本当は何歳かなんて判らないよ。制服を着ていたから若い女の子だと思っただけだ。ただ、印象の話になるが、背格好は中学生くらいの女の子に見えた」

影面の話を聞いた水面が、ううん、と唸《うな》って再び写真を見返した。

真面は頭の中で年代を計算した。写真に写っている女の子は、やはり見た目は中学生くらいに見える。この写真が撮られたのは戦中もしくは戦前だろう。そして影面が小学生だった頃というのは、この写真の時代から三十年は経っているはずだ。

写真の少女が十代だとすると、影面が小学生の頃には四十代ぐらいになっているはずである。とすると、やはり写真の女の子と影面が見たという女の子は別人なのだろうか。

その時、水面がはっと顔を上げた。

「お兄様……」

水面が真剣な顔で言う。

「もしかして、みさきさんは幽霊……」

「だとしたら」真面が答えた。「君の携帯には幽霊のアドレスが入っている事になる」

影面の話を聞いた後、真面は部屋に戻って大学に送る荷を作った。

小さなボール箱に緩衝用の新聞を詰めて、その中に布で包んだ心の箱を入れる。明日の朝一で発送すれば、翌日の早い時間には大学に着くだろう。

先に蒔田にメールを出しておく。真面はそのついでに、三隅に宛てるメールを書いた。これまでに調べた事と新しく判った事、そして面の少女の話を書き込む。それに加えて、先程の舞面彼面の写真をカメラで撮影した画像を添付して、送信ボタンを押した。一瞬で届く電子メールと、十数時間を必要とする宅配便。この速度の幅を許容して同じように処理できるのは、人間の脳の類い希《まれ》な力だと真面は思う。

封をしたボール箱に目をやる。中には心の箱が入っている。その中に何が入っているのかはまだ判らない。

みさきは、心の箱の中身を知っているのだろうか。

知っているならばメールで教えてほしいと真面は思った。

一二月　二八日

1

『連根山健康ランド　やわらぎの仏《ほとけ》』は県道に隣接する大型入浴施設である。八十年代に連根山ヘルスセンターとして開業し、一昨年、施設の全面リニューアルと共に現在の名称となった。館内には七種類の風呂の他、レストラン、マッサージ、エステサロン、カラオケ、漫画コーナー、麻雀《マージャン》コーナーなどを備える。また宿泊施設もあり、一泊二食付のプランなども取り揃《とそろ》えている。泉質はナトリウム・塩化物強塩温泉。適応症は神経痛、関節痛、消化器症、冷え性、慢性婦人病など。加えて美肌の効果もあるとされ、肌がつるつるになる、と女性からの評判も高い。

以前の連根山ヘルスセンターは、地域の老人が湯治に来るだけの寂れた施設だったが、社運を賭した一大リニューアルが功を奏し、今では他県から足を延ばしてくる客も多い。またリニューアル後も、入泉のみの料金に関してはヘルスセンター時代の価格を維持しており、近隣の高齢者も変わらず湯治に訪れていて老若男女問わない賑《にぎ》わいを見せている。

夕方の駐車場に真面の運転する車が入ってきた。かなり広い駐車場だが、すでに八割ほどが車で埋まっていた。

エンジンを止めて車を降りる。続いて水面が助手席から降りてくる。そして後部座席の扉が開き、お面の少女が降りてきた。

水面はすらりとした赤いコートにシックなブーツ姿。みさきはファーの付いた可愛らしいコートにジーンズをはいており、どちらも年齢相応の格好と言える。全く違うファッションに身を包んだ二人の唯一の共通点は、丸々と膨らんだ鞄の大きさだった。ぺたんこの肩掛け鞄一つだけの真面は、彼女達はいったい何を運搬しているのだろうかと思う。

三人はライトアップされた大きな建物に向かった。連根山健康ランドの本館である。入り口のガラスには野菜市の手書きポスターや、日替わり湯のスケジュールなどが貼られていた。

「福寿効《ふくじゅこう》ですって」水面がそれを見て言う。

「薬湯だ。これも肌に良い。にきびやアカギレなんかにも効くぞ」

「じゃあそれにも入らなきゃ。あ、みさきさん、あそこ。何か売ってますよ」

「明太《めんたい》だな」

二人は楽しそうに中に入って行った。女の子というのはどうしてああも簡単に仲良くなれるのだろう。女性の思考を解析すれば、戦争問題解決の一助になるのではないかと一瞬考えたが、すぐに逆効果かと思い直す。例えば戦の女神とされるワルキューレが女性であることにも何かしらの意図が加わっているのだろうかと、明太を買うかどうかの議論をしている二人を見ながら真面は思った。

ふと気付けば、土産物屋の店員がみさきを奇妙な目で見ている。もちろんそれはみさきの風体からすれば当然の事なのだが。しかし隣の水面は何も気にしていないようだし、真面も今になってその事実に気付いてしまった。どうも悪い方に感覚が麻痺《まひ》しているようだ。

水面が受付で部屋の鍵を受け取る。三人はエレベーターに乗り、建物の上階にある客室フロアに上がっていった。

五階、五〇二号室の前で、水面が真面に鍵を渡した。

「お兄様はこちらです。私たちは隣の部屋ですから」

「わかった。また後で」

二人と別れて部屋に入る。中は十畳ほどの和室だった。真面はビジネスホテルのような部屋を想像していたが、思っていたよりも旅館然とした部屋だ。

荷物を置いて、とりあえずお茶でも飲もうと思った矢先、早速部屋の扉が叩かれた。ドアを開けると、水面とみさきが連れ立って来ていた。二人を部屋に招き入れると、みさきは毎度の如《ごと》く偉そうに座り、代わりに水面がてきぱきとお茶を入れた。

「私は風呂に入るから、お前らはちょっと待て」みさきは偉そうな態度で、偉そうな事を言った。

「一緒に入ってはいけないのかしら」水面が聞く。

「お前と一緒に入ったら、面の意味がなかろうよ」

「お風呂の時はお面を取るんですか？」

「当たり前だ」

面を取って入浴するのはもちろん当たり前なのだが、みさきにとって何が当たり前なのかは本人に言ってもらわないとよく解らない。とりあえず面を着けたまま入浴はしないことだけは解った。

「そもそも、どうして顔を隠しているんです？」

「それは私の話であって、面の話ではないな。面の話をするとは言ったが、顔を隠す理由まで話す義理はない」

「そんなの屁理屈《へりくつ》です」

「屁理屈さ」

言い放ってみさきは席を立つ。二時間はかからないから土産でも見ていろ、と言ってそのまま部屋を出て行った。水面が小さく溜《た》め息《いき》をついた。

「お風呂ならお面を取らざるを得ないと思ったんですけど……一筋縄ではいきませんね」

「まぁ、あの面を取ってもらってもあまり意味はない気はするけどね。普通の中学生の顔が見られるだけじゃないのかな」

「でもお兄様。顔を隠しているんですよ？　それもあんなに頑なに。やっぱり何か理由があるんじゃありません？」

「どうだろうね……隠しているんじゃないのかもしれない」

「え？　どういう意味ですか？」

「仮面には幾つかの機能がある。代表的なのは今水面が言った、ものを隠すこと。そしてもう一つは？」

「あ、そうか……」水面ははっとして言う。「化ける、ですね」

「そう。その仮面が示すものになりきるということ。夜店のお面なんかはこっちの役割だね。特撮のヒーローになりきったりするわけだ」

「でもあのお面、動物ですよ？　それも中途半端な描かれ方ですから、何の動物に化けているのかもよく判らないわ」

「動物以外にも、あのお面でもう一つ化けられるものがある。舞面彼面と一緒に写っていたあの女の子だよ」

「あ！」水面が声を上げる。「じゃあつまり……みさきさんは、あの写真の女の子に化けているってことですか？」

「でも、その可能性も低いと思う。元の人物を知っている人がほとんど居ないのに、その人に化ける意味が解らないしね。それに僕らが写真を見たのだって偶然みたいなものだ。少なくとも僕らに対するアピールではない」

「そうですねぇ……ああ、もう。みさきさんはいったい何が目的なのかしら……」

水面が眉間にしわを寄せながら頬杖をつく。同じ疑問を真面も少しだけ考えてから、小さく呟いた。

「目的とかあるのかな、あの子……」

2

真面は風呂に長く入る人間ではない、と言うより、洗う所を洗ったらすぐに出てきてしまう人間である。だが今日はいつもより長風呂になった。大浴場の七つの風呂を順番に回っていたためだ。

ジェットバスや水風呂などは大学の近くの銭湯にもあるのだが、電気風呂というものに入るのは初めてだった。浴槽に入ると肌の表面がぴりぴりと痺《しび》れた。真面は昔に教科書で見た、原初生命誕生の図を思い出した。栄養成分豊富な太古の海に高エネルギーの紫外線や雷が降り注ぎ、化学反応が促進されて生命が生まれたという絵だった。もし最初の生命が落雷のエネルギーで生まれたのだとしたら、その生命が三十八億年の時を経て、再び電気の流れる液体に身を浸しているのか。そんなことを想《おも》うと、別に何の感慨も湧かなかった。

館内着に着替えた真面は浴場を出た。待合のロビーを見回したが、一緒に入っていった水面はまだ上がっていないようだ。真面が入浴していた時間は結局三十五分で、普段より十五分長く入っていただけだったので、水面がまだ入浴中なのは当然であった。下手をすれば水面はあと一時間は出てこないかもしれないと思い、真面はロビーを出て、健康ランドの中をぶらつくことにした。

館内には軽食を取れる休憩スペースや、マッサージチェアの並ぶ休憩スペース、床にごろ寝できる休憩スペース等があり、歩いている以外の全ての人間が休憩していた。

二階に上がると漫画を読みながら休憩できるスペースがあった。そこにみさきが居た。

みさきは隣に漫画を積み上げげながら寛《くつろ》いでいる。お面をかぶっているのはいつもの通りだが、格好は真面の着ているような館内着ではなく、紺色のジャージ姿であった。胸には〝沢渡〟と刺繍《ししゅう》されている。どうやら学校の体操着らしい。

「何を読んでるんだい」

みさきが顔を上げて答えた。「っポイだ」

「なんだって？」

「っポイ」

みさきは破裂音を繰り返しながら背表紙を見せてくる。少女漫画のようだが知らない本だったので、真面は「ふぅん」と気の無い返事をした。

「夕食はどうする？」

「お前らが風呂に入ってる間にうどんを食べた」

「あれ、もう食べたのか」

「だから気を使わんでいいぞ。私はもうしばらくっポイを読んでるから、水面と一緒になんか食べてこい」

身勝手な子だと思ったが、今に始まった事でもない。真面はわかったと頷く。

「その代わりに」みさきがパタンと漫画を閉じる。「飯の後に行きたい所がある」

「うん？　どこ？」

「バーだ」

3

『ダイニングバーこまつ』は一階フロアの奥まった所にあった。入り口には大きな木製のドアが立ち、中の様子は窺えない。店先にメニューなどが掲示されているわけでもなく、店頭で得られる情報はバーであるという事だけだった。真面は、この威圧的な店構えのメリットは何だろうかと想像を巡らせる。バーに入るのは生まれて初めてだった。

店内は薄暗かった。中にはカウンター席が十ほどと、テーブル席が三卓ある。奥にはカラオケ用の小さなステージがあるが、今は誰も歌っていない。テーブルの一卓では中年の男女が機嫌良さそうに話している。真面たち以外の客はその二人だけだった。三人はカウンターの席についた。

店主と思われるエプロンをかけた中年の女性が、三人の前におしぼりを並べた。店主はみさきの面を奇妙に思ったようだが、特に何も言わなかった。

「あ、地ワインがありますね」水面が小さなメニューを見て言った。「私、ワインにします。お兄様は？」

「そんなに強くなければなんでも。僕も同じのでいいよ」

「ワインか」みさきがメニューを覗く。「あまり飲んだことがない」

「結局いつも飲まないだろう君は」

「私もそれにしよう」みさきは真面の抗議を無視して言った。

グラスとボトルが運ばれ、水面がそれぞれに注いだ。三人で小さくグラスをぶつけたが、何の乾杯なのかは誰にも解らなかった。みさきがいつものように面の口にグラスを近づけて「悪くない」と一言こぼすと、またいつものようにグラスを置いた。

みさきの隣では水面がワインを味わうように飲んでいる。水面は館内着の浴衣に羽《は》織姿《おりすがた》で、長い髪をアップにしてまとめていた。普段は隠れている首筋が、薄暗い店内をはさみで切り抜いたように浮かんでいる。

「そうか。水面もお酒を飲める年齢になったんだね」

「お兄様、今気が付いたんですか？　広場でも飲んでいたでしょう？」

「今気付いた」

「もう……」水面が口を尖《とが》らせる。

三人の後ろでは、テーブル席の二人が会計を済ませて帰るところだった。中年の男は酔っぱらったなぁと言いながら、機嫌よく店を出ていった。店内は真面達と店主だけになった。

「うん」みさきがグラスを置いて言う。「私も酔ったな」

グラスに一杯しか注いでいない酒を一滴も飲んでいないのに、この子は何を言っているんだろうと真面は思う。

「まぁ。大丈夫ですか？」

「先に部屋に戻っていよう。水面、鍵貸してくれ」

「あ、はい」水面が上着の袖口から鍵を取り出して渡した。

「先に寝てる」

みさきはそう言うと、鍵をぶらさげながらさっさと出て行ってしまった。あんまりにも突然で、真面は一言かける暇すらなかった。

「自分で来たいと言ったのに……」

「みさきさんも中学生ですもの。バーとか、お酒を飲む場所に憧れるものじゃないですか？　でも一度お店に入ってみれば、そんなに変わった所ではないとすぐ判るでしょうし。一杯もらって満足したんでしょうね、きっと」

「そういうものかな」

「そういうものです」水面は見透かしたように言う。

「僕はてっきり、彼女がここでお面の話をするつもりなのかと思ってた」

「それは明日にでも聞きましょうか」

なんだか水面の聞き分けが妙にいいなと真面は思った。面の秘密を探りたくてしょうがなかったのは水面の方だったと思ったが、その割には落ち着いたものだ。

「はい、お兄様」水面がボトルを持ち上げる。

「いや、まだ入ってるよ」

「じゃあ私がいただきます」水面はボトルを真面に差し出して注いでくれと促す。小さな妹のように思っていた水面にお酒を注いでいることを真面は不思議に思う。時間というものはどんな時でもずっとずっと流れ続けているのだという当たり前の事が、ほんの少しだけ実感を伴って感じられた。

「お兄様は」水面が話す。「どうして院に行かれたの？」

「急だね」

「そうですか？」水面はわざとらしく首を傾げて微笑んだ。

「この前、話さなかったっけ。確固とした理由があって院を選んだわけじゃないよ」

「ええ。でも、漠然とした理由はあるんじゃありません？　結果としてお兄様は就職ではなく進学を選択されているんですから、サイコロを振って決めたのでもない限りは、影響した思考が必ずあるはずです」

「そういう条件で良いなら、理由はあるだろうね」

「それはなんですか？」

「そうだな……強いて言うならば、二つある。一つは、四年生の段階でやりたいと思う仕事が絞られていなかった事。もう一つは、研究だったらもうしばらくやっても良いかなと思った事」

「なんだか後ろ向きな表現ですね」

「そうかもしれない。でも一番正確に表現するならばこうなる」

「私、お兄様は研究がもっと好きなのかと思っていました」

「研究は好きだよ」

「好きなのに、もうしばらくやっても良い、なんですか？」

「そうだね。別に矛盾はしてない」

「そうかしら……う━ん……」水面は考え込む。

「水面は、どうして院に進学するの？」

「私は今やっている勉強がとても好きですから。就職よりも進学に確固たる魅力を感じたから、ですね」

「正しい進学理由だ」

「でも、それも半分くらいかな……」

「半分？　なら、もう半分は？」

「もう半分は……お兄様が、院に進学されたからです」

真面はきょとんとした。

「僕の進学と、水面の進学と、何か関係があるかな」

「いいえ、ありません」水面は言葉を選ぶように話す。「関係はありませんけど……そうですね、言葉にして説明するとしたら。お兄様が院に進学したと聞いた時に、こう思ったんです。私も院に行かないと、お兄様に置いていかれてしまうって」

真面は首を傾げた。

「よく解らないけど……」

「ええ、自分でもよく解りません。お兄様とは学部も学科も全然違いますし、そもそもどちらが先とか後とか、そういう問題でもないんです。でも私はあの時、確かに思ったんです。自分も院に進学する事が、お兄様との距離を広げないための適切な処置なのだと」

「それが、院に進学する理由の半分なの？」

「はい。おかしいですか？」

「おかしい」

「ええ」水面は自嘲気味に微笑んだ。「おかしいですね」

会話が途切れ、店内の古臭いＢＧＭが二人の間を流れていった。真面はとりあえず水面のグラスにワインを注いだ。水面はとても嬉しそうに杯を受けた。

4

会わなかった五年の間に水面も大人になったと思ったのは最初の三十分だけだった。

二本目のワインを一人で空にした頃には、水面は真面の学部生時代の女性遍歴を執《しつ》拗《よう》に尋問し、その合間合間に真面がどれくらい阿呆なのかということを懇々と説き、さらにその合間合間に真面がどれくらい駄目なのかということを切々と説いた。

三本目に注文したウイスキーが半分無くなった頃には、水面は現代日本における道祖神の役割をポピュラーミュージックとの類似を例にとって延々と語った。真面はそのパートに関してはとても興味深く聞いた。六十分にわたる講演を終えた水面教授は、神様の存在に想いを馳《は》せながらカウンターで眠りについた。真面は店主の女性と苦笑いを交わし合い、眠った水面をおぶってバーを出た。

水面をおぶったまま、部屋のあるフロアまで上がる。水面たちの部屋のドアを叩いたが反応は無い。ノブを回してみたが、鍵がかかっていて開かなかった。みさきが先に戻っているはずなのだが、もう寝てしまったのだろうか。

真面はしょうがなく、水面を自分の部屋に入れた。押し入れから布団を引っ張り出して、水面を転がしてからやっと一息つく。水面はスマートな女性であるが、それでも四十キロ以上あることは間違いない。モバイルノート四十台を運ぶ作業を想像して、真面はまた少し疲れた。

部屋の窓際にある椅子に腰掛ける。

五階の窓の外には、建物の少ない田舎の景色が広がっている。街灯もほとんど無いので、東京よりもかなり暗い。その暗さは静けさとも比例していて、少し前まで水面が大騒ぎしていたのと同じ夜とは思えないほど静かだった。

真面は、さっきまでの騒がしさが嫌いではない。

大学でも飲み会となればみんなが騒がしい。真面自身は酒を飲まないのだが、みんなと一緒に酒を飲む席は好きだった。そして一夜の酒席が終わればまた自分の日常に戻り、何かを学び、何かをこなし、何かを成し遂げたりもする。そうするとその祝いの酒宴が開かれ、そしてまた終わり、そしてまた続く。

真面は自分のこれまでの日々と、その日々の中の小さな幸せを、少しだけ想った。

立ち上がって、部屋に備え付けられた小さな冷蔵庫を開ける。中にはビールと冷酒しか入っていなかった。真面はお茶を買いに行こうと部屋を出た。

5

廊下の突き当たりに自動販売機のコーナーがあった。ジュースの他にも、ビールにタバコ、ハーゲンダッツなどの自販機が並んでいる。そこにガラスのテーブルとソファが一組だけ置いてあり、小さな休憩所になっていた。みさきはそこにいた。

店で別れた時と同じ、お面にジャージ姿。テーブルの上には口の開いたビールと、食べ終わったハーゲンダッツが置かれている。休憩所の壁に掛けられた時計は〇時ちょうどを指していた。

「水面はどうした」みさきが真面に顔を向ける。

「部屋で寝てるよ」

「酔いつぶれたのか？」

「ああ。君がいないから、部屋の鍵が開かなくて困ったんだぞ」

「あぁ……はしゃいだな水面のやつ……」

言いながらみさきは立ち上がり、自販機に金を入れた。がこんと出てきたビールを真面に投げる。

「お茶を買いにきたんだけど……」

「ビールはお茶みたいなものだろう？」

「カテゴライズが大雑把過ぎるんじゃないのか」

「植物から作る飲み物だ。変わらん」

みさきは聞く耳を持たずに再びソファに戻る。真面もしょうがなくみさきの向かいに腰掛けて、缶ビールを開けた。

「で、実際の所、どうなんだ」

みさきがビールの缶を片手でぶら下げながら聞いてくる。

「どうって？」

「水面だよ。お前に好意を寄せているのは解っているだろう。まさか知らなかったと言うつもりじゃなかろうな」

急に斬り込むような話に、真面は当惑する。

もちろん水面の好意に気付いていなかった、と言えば全くの嘘になる。そういう方面には明るくないと自他共に認める真面だが、それでも好意をあれほどあからさまにしてくるならば気付かないはずもない。

「しかし、気付いていたけれどとぼけていた、とは言いにくい」みさきが真面の心を見透かして言った。

「とぼけていたというわけじゃ……」

「はん」みさきは真面の言い訳を一笑に付す。「だったらなんだ。気付いていたけれど無視していたのか。そういうプレイか」

当然ながらそういうプレイではない。真面は返答に困る。

「僕と水面は……そう、兄妹《きょうだい》のようなものだから。もちろん綺麗になったとは思うけども。五年ぶりに会ってからまだ三、四日しか経っていないんだ。一人の女性として見るなんて、急にはできないよ」

「できるだろう」みさきはざっくりと言った。「できるだろう。自問しろ」

みさきの質問が再び切り込んでくる。見た目は中学生だが、この子の言葉はいつも鋭い。あまり適当な事を言って納得するような相手では無いなと思い、真面は言われるがままに自問した。そんなに難しい問題ではない。答えは簡単に出る。そして出てきた答えに、真面は黙ってしまう。

「言ってみろ」みさきが、上から言い放つ。

「できるよ」

「そうだ。できる。お前は水面を一人の女性として見ることができる。できないと言う答えは全くの虚言。でまかせ。建前。欺瞞《ぎまん》」

真面は反論できなかった。みさきの言う通りだった。水面を妹としてしか見られないなどという答えは、虚言ででまかせで建前で欺瞞だ。水面を一人の女性として見ようと思えば、今すぐにでも見られる。ただ、そうしようと思わないだけだ。

みさきがビールの缶を置く。中にはまだビールがたっぷり入っているようだった。

「私は、別にお前と水面をくっつけようとしている訳じゃない」

「違うのかい。てっきりそういう風に仕組んでいるのかと思っていたけれど」

「ほう。バーで私が酔ったのは演技だと見抜いたのか」

「誰でも解る」

みさきが面の下でくくっと笑う。

「水面のやつ、どこをどう勘違いしたのか知らんが、お前みたいな阿呆に憧れてしまっているようなのでな。少し力を貸してやっただけだ。正直な話、お前と水面がくっつこうとくっつくまいと、どうでもいい」

みさきがソファの肘掛けにもたれながら、真面を見る。

「本当はな。お前があまりにも適当な事ばかり言うので、ちょっと突ついてやろうと思っただけなのよ」

「僕は適当な事を言っているかい」

「嘘ばかりだな」

嘘、と言う言葉に、真面は心当たりを探ってしまう。

そういえば、みさきにはまだ舞面彼面の遺言状の件は話していない。隠し事であるのは確かだが、それを嘘と言われているのだろうか。しかしそれに以前にも彼女は、自分の事を嘘吐きと揶揄したことがある。

「嘘というのは？」真面は隠し事の件が顔に出ないように、冷静を装って聞いた。

「はん」みさきは再び鼻で笑う。「嘘は嘘だ。事実に反する事。本当で無い事だよ。お前は、お前自身が本当だと思っていない事を言う。お前自身が本当だと思っていない事をする。それが嘘で無くてなんだ」

真面は、彼女が何の話をしているのか見えなかった。少なくとも遺言状の話をしているのではないようだが。嘘とは何のことを言っているのだろう。

真面はよく解らないという意味を込めて、眉間にしわを寄せた。

それを見たみさきの面が、一瞬笑ったように見えた。

「ははっ！　解らないか。解らないと言うのか。全く！　この面なんぞよりも、よっぽど良くできた仮面だよ！」

みさきは面の下でケラケラと笑っているようだった。真面は置いていかれた気分になる。

「何の話をしているんだ。きちんと僕に解るように説明してくれ」

「説明をしろと？　頭の良いお前に、解るように説明しろと？」

「なんだいそれ……皮肉か？　人のことを散々阿呆だと言ったくせに」

「いいや、お前は頭が良いよ。本当に頭が良い。それくらい、顔を見れば解る」

「それはどうも……」中学生に頭が良いと誉《ほ》められて、真面は複雑な気持ちになる。

「そんな顔をするな。いいさ、ならば説明してやろう。益体もない話だがな」

「そうしてくれ」

「そうだな……」

みさきが面の口に指を当てて考える。

「話の前に、お前のこれまでの経歴を聞こうか」

「経歴？」

「略歴でいい。あれだ、履歴書に書くような事だ。どこそこの学校に行きました、今はどこそこで何をやっています。そう言う事を聞きたい」

「経歴ね……」

言ったとして、この子が学校の名前なんて知っているのだろうかと思いつつも、真面は真面目に答えた。

「僕は地元の行西《ぎょうせい》中学を出てから、都立の央国《おうこく》高校に進学した。それから東央《とうおう》大に入学。後期の学部は工学部を選択した。今は工学科の院に進んで、物理工学を専門に学んでる。簡単に説明するとこんなところかな」

「東央大か。エリートというやつだな」

「僕の経歴が、どうだって言うの？」

「慌てるな。ふむ……例えば」

みさきは真面を指差した。

「お前は中学の時に、これから進む高校の事を考えていただろう？」

「それはもちろん考えてたよ」

「そしてお前は高校に進学した。その高校の三年間で、お前は人並みの青春を送ったわけだ。もちろん細かいところまでは知らん。彼女が居たのかもしれないし居なかったのかもしれん。部活をしてたかもしれんし、帰宅部だったかもしれん。だが何にしろそれは思春期の三年だ。お前の周りではたくさんのイベントが有っただろう。お前もそれに参加して、楽しんだり、悲しんだり、怒ったり、笑ったりしてきたんだろうさ」

みさきは見てもいない真面の高校時代をすらすらと語った。内容自体は一般論だったので、真面もそれに異論は無い。みさきの言う通り、高校時代は楽しみ悲しみ怒って笑って、それなりに充実した毎日を過ごしていた。真面の胸には今も、あの三年間の思い出がある。

「だが、お前を驚かせるような出来事は何一つなかった」

みさきの言葉に、真面の心臓が一回打った。

「お前の高校の三年間に起こった出来事は、全てお前が予想していた範疇に収まる出来事だった。お前は予想していた幅の中で、楽しみ、悲しみ、怒り、笑っただけだった。世界はお前が定義した風船の中にあった。風船を割るような出来事は何一つなかった。そうではなかったか？」

みさきに問われて、真面は昔の自分を思い出す。

部活の後輩に告白された事があった。友達と益体のない勝負をして、悔しい思いをした事があった。文化祭の準備のためにみんなで泊まり込んで頑張った事があった。真面の気持ちはその度に大きく動いたのは間違いない。

だが、それを見ていたもう一人の自分は、いつも同じ事を言っていた。

『そうだな、これくらいだな』と。

「そんなお前は、高校の間にも、大学の事を考えた」みさきは続ける。

「お前は大学に進学する。大学では新しい友達ができたろう。一人暮らしを始め、酒を飲む機会もたくさんあったろう。高校とは違う、全く新しい環境がお前を待っていた。そうだ、女を作る事もあったろうな。そして女と別れる事もあったろうなぁ。だが結局は同じだ。お前の本質が変わらないのだから、どこに行ったって変わるわけはない。お前は大学でも、お前の予想した振り幅の中で喜怒哀楽しただけだった」

真面は何も答えない。

「そしてお前は三度《みたび》繰り返す。大学のお前は大学院の事を考えてしまう。予想してしまう。だからお前は大学院に行っても今までと同じだ。お前の予想した範囲での出来事がこれからもずっと続き、お前はお前が予想した世界の中でだけ感動する」

みさきの言葉が、狭い休憩所の中で静かに響く。

「お前はそれを知っている。そして、それに目を瞑《つぶ》って生きている。勉強や仕事の達成感に幸せを感じると言い聞かせ、友人とのやりとりに心を温めていると納得し、日々の暮らしを目標を持って頑張っていると自分の正しさを明文化して生きている。だが、それは仮面だ。お前は仮面をかぶって生きている。本当の気持ちに、仮面をかぶせて生きている」

「お前は飽きている」

みさきはごみでも指すように真面を指差して言った。

「お前はこれまでの人生に、そしてまだ起こっていないこれからの人生に飽きているんだよ」

みさきの腕がぶらりと降りる。

「お前は頭の回りが速い。だからお前は先を予想する。そして飽きる。そして飽きてしまった自分に〝これで良いのか〟と自問する。そうして最後に、疑問を持った自分に道徳と常識と諦観で創った仮面をかぶせる。それがお前という人間だ。そんなお前の人生はこれからも続くよ。お前は大学院を出たら就職して仕事を始めるだろうな。そして毎日の仕事を目標を持ってこなし、達成し、満足し、また次の仕事を始めて、そうやって充実した人生を送っていくのだ。仮面の下でからからに飢えたまま、な」

みさきは、ビールを一口も飲んでいない。

真面も、一口も飲んでいない。

喉が渇いていた。

「何より傑作なのは」くくっとみさきが笑う。「お前は、その仮面をあまりにも上手に創り過ぎて、その上に二枚目の仮面を創りそうになっているところだよ。飽きている自分に満足の仮面を被せたはずなのに、その上からまた悩みの仮面を被せようとしている。なぜなら、そういう悩みを持っていた方が人間らしいと思ったからだ」

ホールの時計の秒針が、正しい時を刻み続ける音がする。

「お前はあれだな。お伽噺《とぎばなし》に出てくるような、人間になりたい妖怪だよ」

　みさきは真面を、妖怪と言った。

「私は、お前以外にもそういう類の人間に会った事がある。たまぁにいるよ、そういう奴は。世界とずれているのを、処理する力で無理矢理是正して生きているような奴な。なに、別に悪い事じゃない。死んでしまうような病じゃないよ。文豪先生じゃあるまいし。一生仮面をかぶって、仮面を着けたまま死ぬだけだ。そこには善しもなければ悪しも無い。誰も気付かんさ。誰もな。ただし」

　みさきの面の心ない瞳が、真面を見据えた。

「そういう奴に出会ったら、面を割ってやる事にしている」

　そう言ってみさきは、視線を落として笑った。

「面のキャラなんぞ、私一人で充分だからな」

　みさきは一人で楽しそうにしていたが、真面は全く楽しくなかった。

　真面は、今自分が何を考えているのかを上手《うま》く説明できずにいた。

　二人はビールを一滴も飲まなかった。

　だがそれでも二本の缶の中身は、空気と触れ合って、少しずつ、少しずつ、蒸発していくのだった。

6

翌日の駐車場に、三人の姿があった。

水面は酷い二日酔いで顔をしかめている。みさきの手にはお土産の明太がぶらさがっていた。

真面と水面が車に乗り込む。だがみさきは運転席の横に立ったままで、車に乗ろうとしない。

「乗らないのか？」真面が窓を開けて聞く。

「私は歩いて帰る」

「家まで送るけど」

「お構いなく。なかなか楽しかった」

真面はみさきの面を見た。

みさきもその視線の意味に気付いていた。

「約束だったな。教えよう」みさきはそう言うと、自分の面に指を這《は》わせた。「この面はな」

短い沈黙の後、みさきは言った。

「舞面彼面が残した面だよ」

舞面彼面が残した面。みさきは平然とそう言った。

真面はみさきの言葉の続きを待った。

だが、みさきは踵を返すと、そのまま歩き出してしまう。

「待ってくれ、それはどういう」真面は慌てて窓から顔を出し、みさきの背中に声をかけた。みさきは立ち止まって、肩越しに振り返る。

「もっと聞きたいなら、また石のところに来い」

ただし、と言ったみさきが少しだけ俯《うつむ》く。

その時、真面には何故か、その動物の面が悲しそうな顔をしたように見えた。

そしてその悲しそうな面が、特に悲しそうにでもなく、ぽつりと言った。

「別に面白い話ではないぞ」

みさきはそのまま歩き去った。助手席の水面が「やっぱり関係者だ……」と辛そうに呟いた。

一二月　二九・三〇・三一日

1

「つまり、私の勝ちってことですね」

　熊はえへんと胸を張った。真面には全く意味が解らなかった。

「だって広場の石に箱をくっつけたら関係者が現れたんですよね？　ほら、私の説の正しさが証明されたってことじゃないですか」

「箱をくっつけたら現れたんじゃなくて、箱をくっつけた後に現れただけです。因果関係は証明できませんよ」

「なら真面さん。くっつけたことは絶対に関係ないと証明できますか？」

「できませんけれど」

「ならそれは、私の勝ちってことじゃないですか？」

「引き分けという事です」

熊はあれー、と首を傾げながら買い物カートを押した。

真面と熊は県道沿いの大型スーパー『ジョイフルタマムラ』に買い物に来ていた。食料品をたくさん買うというので、真面が車を出したのだった。

「ほんとに助かります。普段は電動自転車で来るんですけど、今日はお正月用の食材を買い込まないといけなかったのでー。自転車だったら二、三回来なきゃいけないとこでした。お礼におせちに真面さんの食べたいもの入れますよ。どれですか？　かまぼこですか？　あ、こぶかまにしましょうかこぶかま」

熊は黒いかまぼこをカゴに入れた。黒白のかまぼこは縁起が悪いなと真面は思った。

気付けば今年もあと三日と押し迫っていた。真面はこんなに長期間滞在するつもりは全く無かった。完全に予定が狂ってしまっている。

大学に送った心の箱の検査結果は、今日辺りに連絡が来ることになっていた。検査が終わればすぐに返送されるので、箱自体も明日には戻ってくるだろう。科学的な調査が終われば、真面は一応のところはお役御免となる。結果を影面に渡して、後の事は水面に任せて東京に帰る事はできる。

だが、真面は迷っていた。

謎を残したままの遺言状の行く末が気になっているのは確かだ。心の箱と体の石には、一体どんな秘密が隠されているのか。それについて人並みの興味はある。解決できるものならば、解決してから戻りたいとも思う。

それに加えて、叔母の鏡から聞いた話も少し気になっている。叔父の会社の経営が思わしくないという話。もちろん真面は、自分に何ができると思っているわけではない。遺言状の謎を解けば宝の山が出てきて会社が持ち直すなどという夢みたいな事を考えているわけでもない。しかしこれまで気を遣ってもらうばかりだった叔父のために、たまには役に立ちたいという気持ちもある。

そこまで考えてから、真面は小さくかぶりを振った。

今自分の考えた理由が全て、虚言であり、でまかせであり、建前であり、欺瞞であると気付いたからだった。

そう、本当の理由は別にある。

みさきの言葉。

一昨日の夜、みさきに投げかけられた無遠慮な言葉の数々が、真面の胸に棘《とげ》のように刺さって抜けないでいる。

真面はその棘を抜きたいと思っている。この小さな痛みを消して、晴れやかな気持ちで帰りたい。そう思っている。

しかし、真面がその棘に手をかけようとする度に、もう一人の自分が奇妙な仮面を創って、その棘を隠すように仮面を被せてしまう。そして彼は言う。忘れろと。この痛みを内包したまま生きて、それに慣れ、何事もなかったかのように暮らせと。それが今までの君の生き方であり、これからも君はそう生きる。それが善い。それが正しい。仮面を被ったもう一人の真面は、そんなことを繰り返し繰り返し唱えるのだった。

大きな袋四つ分の食材を買い込んで、二人はスーパーを後にした。

2

真面は部屋の天井を見ていた。

考え事をしているようにも思えたし、考え事は終わっているようにも思えた。自分自身に疑問を投げかける。だが答えは自分が一番よく解っている気もした。

頭の中がまとまらないまま、体を起こす。卓上には持ってきた論文があるが、それは既に読み終わってしまっている。

代わりに真面は、水面に借りた郷土資料を開いた。

だがこちらも、既に水面が目を通してしまったものだ。めぼしい情報は特に無かったという。専門の水面に見つからなかったのだから、素人の真面が見ても何が見つかるはずもない。なので調べ物というよりは、本当に興味本位でめくっているだけだった。

中身はこの地域の歴史的な話が主だった。近いところでは戦後の農地改革の話、遡れば明治の治水事業、更に読み進むと平安時代、奈良時代の話にまで遡れたが、そこまで行くともう昔話めいた内容だった。以前に水面に聞いた大きな妖怪の話と、平安時代には鬼女が山に棲《す》んでいたという逸話が、わずかに載っているだけだった。

舞面家に関する記述は、江戸末期の部分に少しだけ記載されていた。連根山を中心に地域を取り仕切る名家であったとされている。だが明治以降はほとんど記述が無い。舞面彼面が財閥を勃興したこともほんの二行程度触れられているだけで、舞面財閥の地元はここだ、と一言添えられているのみに留まった。

大まかに目を通し終わったが、やはり心の箱と体の石に関する情報は無かった。水面が確かめたことを自分でも確認して資料を閉じる。

時計を見ると午後二時を指している。夕方になったら、また広場に行ってみようと思っていた。みさきが来るのは大体夕方過ぎだ。彼女にはもう一度詳しく話を聞かなければならない。みさきは〝舞面彼面が残した面〟と言った。あの面は、どんな経緯で残されたものなのだろうか。その面が何故この家にではなく、彼女の元にあるのだろうか。

夕方まではまだ時間があるが、あまりやることは無かった。真面はPCを開いてメールをチェックする。もしかしたら蒔田からの連絡がメールで来ているかもしれない。

ブラウザでメールを確認すると、新着が一件有った。

だがそれは蒔田からではなく、三隅からのメールだった。

三隅には健康ランドに行く前にこちらからメールを出している。面の少女みさきが現れたことなど、彼が帰ってからの情報を一通り列挙して送ってある。多分それに対する返信だろうと思い、真面はメールを開いた。

真面はそれを読んで、眉根を寄せる。

そこには簡単な文言の後に、三隅が調べたらしい情報が記載されていた。

沢渡家

住所　〇〇県連根山浦蔭町一 - 三七 - 六四二

家族構成

祖父　沢渡永一（他界）
祖母　沢渡美佐緒
父　沢渡一義
母　沢渡悦子
長女　沢渡愛美

メールにはみさきの家、沢渡家の家族構成が記載されていた。

だがそこにみさきの名前は無かった。みさきは中学生だと言っていたし、実際に近隣の中学校の制服を着ている。しかし沢渡の家族の中でそれらしいと思われる人物は、長女の愛美しかいない。

（偽名？）

真面は考える。面を被り、偽名を名乗っている少女。素性を隠しているのだろうか。だが名字は本名を名乗っているし、大まかな住所に関しても本人の申告があった。身元を隠したいのだとも思えない。

水面の言葉が思い出される。彼女の目的が解らない、そう言っていた。

真面はみさきのことを思い返す。だがこれまでの彼女の行動に、一貫した目的やべクトルがあるようにはとても思えなかった。彼女は気ままに現れ、気ままに振る舞い、気ままに飲んで、気ままに消えた。その野放図な振る舞いの裏に、隠された目的が存在するのだろうか。

真面は三隅に簡単な返信を送って、ＰＣを閉じた。

3

広場には、まだ彼女は来ていなかった。

携帯の画面を見る。午後四時になったばかりだ。空はまだ明るい。少し早く来過ぎたかもしれない。

真面は一人、ベンチに腰掛けた。

夕方の広場は静かだった。鳥の声も無ければ、木々の擦れ合うような音も無い。真面以外の時間が止まってしまったような、あまりにも静かで、なのにあまりにも濃密な世界がそこにはあった。

真面は赤く色づいた空を見た。緑薄い冬の森を見た。まだ電気の通っていない電球を見た。謎に包まれたままの体の石を見た。真面の周りには、学んでも学んでも吸い切れないような、情報の奔流が確かに存在した。

なのに僕は
飽きているのか？

心の中でつぶやいた疑問に答えるものは無い。

代わりに真面を現実に呼び戻したのは、ポケットに入っていた携帯の振動だった。

「やぁ、真面くん」

電話の向こうから、蒔田の声が届いた。

「やっと頼まれごとが終わったよ。遅れてすまんね。いやぁ、和久井《わくい》さんもあれで忙しい人だから」

和久井というのは真面が所属する研究の助教授のことだ。真面が依頼した心の箱の検査のためには、研究室にあるX線装置などを用いなければならない。そのためには助教授の和久井の許可が必要になる。

「忙しいならば検査はやっておくと僕は言ったんだがね。なのに自分でやりたいと言って聞かない。四十男が目をきらきらと輝かせて、勝手に調べたらお前は退室処分にするなどと言うじゃないか。まぁ気持ちは解らないでもないがね。こんな、小説に出てくるみたいな奇妙な箱が突然届いたんだから。先生が張り切るのも当然だし、X線装置だってX線の浴びせ甲斐《がい》があったというものだ」

「送った甲斐もあったよ。それで結果は？」

「慌てなさんな。結果は出ている。だから電話をしているんだ」

電話口でパラパラと紙をめくる音がする。

「それではとくと聞け。まず箱に使われている素材。これは銅だな。不純物はあるが、概《おおむ》ねで純銅と言っていいだろう。まぁ、正直なところ金属測定は大体だ。他の研究室に持っていけば、もう少し正確なことが判るのかもしれないが。箱の材質の完璧な測定を求められているわけでは無いだろうと判断した。やってない」

「うん。それで構わない」

「さてお立会い」

立ち会ってはいなかったが、蒔田は見得を切った。

「金属検査を終えた私と和久井さんは、とうとうあの小箱にX線を浴びせかけることとなった。ヴィルヘルム・レントゲン氏が発見し、第一回ノーベル物理学賞を受賞してから百余年。X線とは、まさに今日、あの小箱の中身を知るために存在していたのだと感嘆せざるを得ない」

「それで？」

「急《せ》くな。私は小箱を試料位置に置き、管電圧の数値を調整した。振り返って和久井さんと視線を交わす。我々の気持ちは一つだった。和久井さんは高らかに宣言した。発射！　私はボタンを押した。見えざる力が箱に降り注ぐっ」

　音量が上がってきたので真面は耳から電話を少し離した。

「だが結果は無残なものだった。試験後に我々が目にしたのは、黒い四角が空間を切り抜いた惨めな写真だった」

「あれ、駄目だった？」

　X線画像は白黒の濃淡で表される。今回の場合、白い部分はX線が何にも阻まれずに大量に通った部分であり、黒い部分はX線が遮蔽物に阻まれて通過できなかった部分となる。黒い四角が写っているというのは、つまりX線が心の箱を透過せず、その部分が真っ黒に写っているということを意味している。

「だが我々は諦めなかった」

　続きがあるらしい。真面は黙って聞いた。その方が早く終わるからだ。

「和久井さんは、眉間に皺を寄せ、歯を食いしばりながら最後の決断を下した。『管電圧を最大にしろ』。私は反射的に椅子から立ち上がり叫んだ。先生、それは危険だっ」

　別に危険ではない。

「だが彼を止める事などもう誰にもできなかった。いや、私自身も心の中ではそれを望んでいたのかもしれない。我々は数値を最大に設定し、最後のX線撮影に挑んだ」

「写った？」

「写った」蒔田がやっと言った。「我々は勝利したのだ」

「じゃあ結果を頼む」

「結論から言えば」

真面は電話を耳に付けた。

「中には何も入っていない」

何も入っていない。蒔田は続ける。

「まず箱の仕掛けの有無だが、透過した限りでは仕掛けは何も見られない。あの箱は一見するとパズルのように見えなくもないが、それぞれの部品は内側でしっかりとはまっていて、動く部品は一つも存在しない。多分、パーツを組み合わせた後に、最後の一ピースを溶接などで接着して作った箱なのだろう。つまりあの箱はパズルではない。よってあのままでは絶対に開くことはない。開かないように出来ている」

「また写真を見てもらえば判るのだが、管電圧を最大にしてやっと透過できたくらいなので、写りは非常に朧《おぼろ》げだ。加えて箱の表面には彫刻がうねうねと刻まれているので、その彫刻の写り込みが、更に中身を判りにくくしていた。だから一〇〇％何も入っていない、とは断言出来ない。まあでもＰＣ解析も通したからね。九九％までは何も入っていないことを保証しよう」

「そうか」真面は考えながら答える。もちろん何も入っていない可能性は考慮していたので、結果自体にそれほど驚きはしなかった。

問題はその後だ。

「例えばだが、内側に何か文字が書かれている可能性はあるな」

真面の思考を先読みして、蒔田は続けた。

「彫ってあればX線で写るだろうが、単に描いてあるだけならば、この解像では判別できないかもしれない。内側の壁面に絵の具などで何かが描いてあるという可能性は残る。箱の中にX線で解らない情報が入っているとしたら、それくらいだ。解析にも引っ掛からなかったのだから望み薄ではあるがね」

蒔田の言葉は真面が考えていた事と大体同じだった。箱の中にX線写真で映らないものが入っているとしたら、もうそれは文字や絵くらいしかない。何も入っていないならば、壁面の裏側に直接書かれている可能性が高い。

「口頭で伝えられる事はこれくらいだろう」

電話の向こうで蒔田がふぅ、と息を吐いた。

「わかった。ありがとう」

真面は電話で話しながら、蒔田から聞いた話を心の中で整理していた。

透過された心の箱。仕掛けの無い部品。何も入っていない空間。その内側に残された可能性。

それらを一つにまとめた時に。

真面の頭に小さな考えが生まれた。

それは本当に、なんでもない、極めて当たり前の考えだった。

だけどその瞬間。

真面の心に刺さっていた、小さな棘を抜く方法が解ったような気がした。

そのためには。

棘を覆っている仮面を、壊さなければならない。

「蒔田」

「なんだね」

「ついでにもう一つ頼まれてほしい」

真面は話を終えて、電話を切った。

その日、みさきは広場に現れなかった。

広場の電球がチカチカと明滅していた。

4

広場の電球がチカチカと明滅していた。

翌日。

日の暮れた広場で、真面と水面は途方に暮れる。途方に暮れた感じを演出しなければいけないという使命に燃えた傘電球が、残り少ない命で二人を照らしていた。もう切れそうだった。

「いらっしゃらないですね」

「そうだね」

真面は今日も、午後四時前からこの広場で待っていた。三日酔いから復帰した水面も今日は一緒に来ている。しかし午後七時現在、みさきは現れていない。

「話が聞きたいなら石のところに来い。確かにそう言いましたよね。なのに昨日も今日も姿を見せないなんて。何かあったのかしら……」

水面はとても心配そうな顔をする。こういう素直なところは水面の長所だと真面は思う。対する真面はそんなに深く考えてはいなかった。みさきならば、呼んでおいて自分が来ないくらいの事は簡単にやってのけるだろうと思っていた。

「いいえ。来ないのだとしたら、何か来づらい理由があるはずです」水面はそんな根拠のない意見を自信満々に言った。

「推理小説じゃないんだから、全ての出来事に納得の行く理由があるとは限らない。来るのが面倒臭くなっただけというのが、一番ありそうで一番妥当なところじゃない？」

「そんなのずるいです」水面は世界に対して身勝手な保証を求めた。

「じゃあ、例えばどんな理由が考えられる？」

「例えば……こういうのはどうですか？　彼女はみさきという偽名がバレたことを察知したんです。それで逃げ回っている」

「どうやって？」

偽名がばれていることを察知するには、真面のＰＣに入っている三隅のメールを勝手に覗くしかない。

「つまり、みさきさんは凄腕《すごうで》のハッカーなんです」

「考え方が熊さんに似てきたね、水面」

　水面は両手で頭を抱えて塞ぎ込んだ。酷いことを言ってしまったと真面は思った。酷いことを言ってしまったと思った事が、今度は熊に対して酷いなとも思った。

「そういえば水面。メールはどうだった？」真面が聞く。水面は彼女のメールアドレスを知っている。

「昨日の夜に出してみましたけど、返事はありませんね。今電話してみましょうか」

　水面は即決して電話をかけた。携帯を耳に付けて暫《しばら》く待つ。

「出ませんね」水面は電話を切った。

「飽きられたのかな」

「そんな。勝手に飽きられても困ります。こっちの用事はまだ全然終わってないんですから」

「それも勝手な理屈だけれど」

「こうなったら仕方ありません。お兄様」

「うん？」

「みさきさんの家に行きましょう」

　こんな年末に押しかけて迷惑になるんじゃないかなと言いかけた真面だったが、結局口をつぐんだ。

水面がこの顔になった時は、もう何を言っても聞かない事を知っていたからだ。

5

沢渡の家は、連根山を下りてから車で二、三分のところにあった。

家の正面には田んぼが広がっている。周りにも幾つか民家があるので、その田が沢渡家の物なのかは判らない。この辺りは農家が多いですが、町まで仕事に出ている人もそれなりにいます、と水面が言った。

車を降りて家の庭に入って行く。庭と言っても公道との境も曖昧な感じだった。建物は昔ながらの日本家屋で、板塀に年季の入った瓦屋根が載っている。

真面がインターホンを鳴らすと、家の中からはーい、という大きな声が答えた。

引き戸が開く。出てきたのは四十過ぎぐらいの女性だった。

「あら、どちらさん？」

「はじめまして」水面が麗しく挨拶する。「私たち、愛美さんのお友達なんです。先日、健康ランドにご一緒させていただいた……」

「あぁれ。もしかして水面ちゃん？」

女性は目を丸くしている。

「あ、はい」

「あらー」女性は顔を綻ばせた。「まぁまぁ大きく、いやさぁ、綺麗になったねぇ。東京の学校いっとったんじゃなかったかね」

「ええ。今は帰省です」

水面は笑顔で答えた。向こうは水面のことをよく知っているようだが、水面は相手を知らないのだろう。

「そうそう、うちの愛美が遊んでもらってるみたいでぇ」どうやら女性はみさきの母親らしい。「迷惑かけとらん？　元気じゃろあの子。もうちょっと勉強もやってもらわんといけんのだけどねぇ。水面ちゃん、帰ってきたら勉強見てやってくれん？」

「ええ。私でよければ」水面が引き続き笑顔で答える。愛想笑いなのかもしれないが、全くそうは見えない。よくできたお嬢さんだと真面は思った。

「それで、愛美さんはいらっしゃいますか？」

「あー、ちょっと待っとって」

女性は踵を返して家の中に戻っていく。その振り返る瞬間、小さな声で「また午前様かねぇ」と呟いたのが聞こえた。二人は顔を見合わせた。

女性はすぐに戻ってきた。

「出かけとるみたい。夜には帰ってくると思うけど。電話してみるかい？　どうせその辺におるよ」

「じゃあ、私の方からかけてみます。番号はお聞きしましたから。すみません、急に押しかけてしまって」

「なに言っとんの－」

その後、女性から大根を受け取って、二人は沢渡家を後にした。

暗くなった屋敷への坂道を車が登っていく。

もう一度電話をかけてみたが、やはりみさきは出なかった。

「みさきさんて、もしかして不良なのかしら」助手席で水面が言う。

「午前様とか言ってたね。中学生でそんな遅くまで夜遊びするのはどうかと思うけれど」

「そもそもこの辺りに、夜中まで遊べる場所なんてありません」

「駅前には飲み屋があった」

「一番行きそうなところですね……」

二人は眉を顰《ひそ》めた。

「あ、そうだ。そういえばお兄様」

「うん」

「心の箱のレントゲン写真って、今日届くんですか？」

「ああ、多分ね。昨日の夜に発送したって連絡があったから。一応急ぎでお願いしておいたし。心の箱も一緒に戻ってくる」

「それにしても、中には何も入ってないなんて……」水面が眉をハの字にしながら悩む。蒔田からの電話の内容は既に伝えてあった。

「でも箱が届いたら、もう少し判る事もあるよ」

「なんですか？」

その時、対向車線に一台の車が見えた。それはまさに宅配便の配送車だった。配送車は二人の車とすれ違い、そのまま坂を下っていく。

水面は真面に向かって目を爛々と輝かせた。真面はしょうがなく、少しだけエンジンを吹かせた。

6

真面の部屋の卓上に、送った時よりも大きなボール箱が置かれている。隣には水面が興奮気味に座っている。

「大きな箱ですね。中身は心の箱と写真だけなのでしょう？」

「X線写真が曲がらないサイズの箱にしたんだと思うよ。多分、中はスカスカだよ」

「この中に写真が……ああ」水面が声を漏らす。「お兄様、早く開けて見せてください」

「助教授も見た写真だから、見返しても何も無いとは思うけどね」

言いながら真面は荷物のガムテープをはがした。蓋を開けると、ボール箱のサイズにフィットするくらいの大きな封筒が入っていた。

水面が横から身を乗り出す。

「お兄様、良いですか？」

「どうぞ」

水面は両手で厳かに封筒を取り出した。口を紐で留めるタイプの、しっかりとした作りの封筒だった。

「心の箱の中を写した写真……」

水面は喉を鳴らすと、封書の口紐《くちひも》にゆっくりと手をかけた。真面は楽しそうだなぁと思いつつ、ボール箱の中から緩衝材に包まれた心の箱を取り出す。心の箱は気泡シートで丁寧に包まれている。

水面は封筒の紐を、一巻き一巻き味わうように解いていく。

そうして残り二巻きまで解き終えた、その時。

水面の目は点になった。

「お兄様、それ！」

水面は戦《おのの》いて机の上を指差す。

蓋の開いた心の箱が、そこにあった。

「開いてます！　お兄様！　心の箱の蓋が！」

水面は大きな声で叫ぶ。

「そうだね」

真面は全く気にせずに、開いた箱を手に取った。

心の箱は五面からなる箱部分と、残った一面を二分割したような部品に分けられていた。真面は両手でそれを取って観察する。五面の箱の内側は、部品同士が組み合わさって面と面を繋ぎ、箱を形成している。だがどの部分を見ても、表と同じ金属の色が広がっているだけだった。外された二つの部品の裏側も同様で、中には文字も書かれていなければ絵も存在しない。

「なるほどね……」

真面は興味深くそれを見ている。水面の目は点からなかなか戻らない。

「何にもないね」

「どういうことなんですか！」

水面は飛びついて、分割されてしまった心の箱をまじまじと見つめた。

「本当に開いてる……」

「それは一度見れば解るだろう」

「で、でも、どうやって」

「X線写真で、箱は開かない構造であることが判っていたからね。だから、ええと、これかな」真面が小さなパーツを持ち上げて、その裏側を指し示した。

「ここを、機械で切ってもらった」

「き……っ」水面の戻りつつあった目は再び点になった。

「ここが開く鍵になる部分。つまり最後に接着したと思われる溶接箇所なんだね。X

線で構造が判明してしまえば後は簡単さ。この一カ所を切ってしまえばいい。大学にはそういう機材もあるからね。こっちに送り返されてからじゃあ、それはやりづらい。だからついでって事で頼んだんだ」

「ついでってお兄様……ついでで心の箱を切ってしまうなんて……」水面は絶句した。

「しまうなんて？」

「え……だって……」そう言って水面は口籠った。言おうとした事の続きを考える。しかしなかなか次の言葉を継ぐことができないでいる。

「そう。今、水面が考えている通りだ」真面は箱を置いて言う。「箱を切っても、別に何も問題はないんだ。中身が入ってないことはもう判っていた。それにほら、切ったのは溶接箇所だから、元に戻そうと思ったら再び溶接すればいいだけなのさ。もちろん完全に元の状態に戻るという訳ではないけれどね。なんにしろ、開かないように出来ている箱なのだから、非破壊で中の情報を全て確認する事は無理だった」

「でも……だってお兄様……」水面は納得しきれない様子で聞く。

「水面の考えていることは解る。ただ、君が今言葉に出来ずにいる考えは、熊さんの考えていた事と同じだよ。僕らの知らない秘密が心の箱にある、という可能性。それに過度の期待を抱いているに過ぎない。この箱は壊して調べる事もできれば、また元に戻す事も出来る。ただそれだけの、何でもない金属の箱なんだ」

真面は視線を箱に落とした。

「事実、箱が開いたにもかかわらず、心の箱の意味も、遺言状の言葉の意味もまだ解けていない」

水面も箱を見る。昨日まで中身が判らなかった心の箱は、中身が判った後も変わらない存在感でそこにある。箱の謎はまだ解けていない。

「何も入っていない心の箱の、その意味を考えるのが、舞面彼面の残した問題なんだ」

「何も入っていない箱の意味……」水面は言葉を繰り返す。「ここからが本当の問題なんですね……」

「そういうこと」

「でも私……」水面が悄然《しょうぜん》とした表情で箱を見つめる。「正直に言うと途方に暮れています、お兄様……。心の箱の中には、次の段階へ行くためのステップが必ず入っていると信じていたんです。X線写真で何も無くても、お兄様が言っていたように中に文字が書いてあったりするはずだと思っていたんです。なのに、箱を開けても何も手に入らなかった……」

「心の箱を開けたことで手に入ったものもあるよ」

「え？」

「箱の中には全く何もない、という情報。そして箱を開けたという事実だ」

水面ががっくりとうなだれる。

「小さ過ぎる一歩です、お兄様」

「大切な事だよ」

「何か……何か見落としがあるんです、きっと……」

水面が口に手を当てて考える。真面も分解された箱を見返した。しかし何度見返しても、分解された箱に変化が起きる訳でもない。今必要なのは、箱の変化ではなく、自分の頭の変化なのだと、真面は考える。

その時突然、水面が顔を上げた。

「お兄様……あの箱」

「うん？」

「木箱、木箱ですよ。心の箱が入っていた、あの」

「ああ、あの木箱。それがどうしたの？」

「遺言状に書いてある箱というのは、心の箱と見せかけて、実はあの木箱だったのでは？」

突拍子も無い仮説に、真面は目を丸くした。水面は構わず続ける。

「つまりフェイントだったんです。一見すれば、恭しく包まれた金属の箱が心の箱に見えます。ですがあの木箱も歴《れっき》とした箱に違いありません。それに、何よりの証拠として」

「〝心の箱〟と書いてある？」

「そうです」水面がびしりと人差し指を立てる。

「なんだか……小学生のクイズみたいだね」

「もしくは両方合わせて心の箱と言うのかもしれません。木箱には金属の箱の他に何も入ってませんでしたけど、そんなに詳しくは調べていませんもの。例えば二重底になっていたりするのかも」

「確かにそれは調べていないけど」

「きっと何か隠されているんです……例えば、金属の方の心の箱の説明書とか。私、取ってきます」水面が腰を浮かせる。

彼女の発想のアプローチはなかなか面白いと真面は思う。

（まあでも、説明書なんてものがあれば何の苦労も無い）

その時。

（………説明書？）
真面の脳裡《のうり》で何かが繫がった。
息を止める。
五感を切り離す。
切り離した全ての感覚を内側に向ける。
脳の中へ。
その繫がりを追いかけるように。
（説明書）
（manual）
（guide）
（explanatory note）
（experience）

（心の箱）

（だったら……）

（面は……）

「水面」

障子に手をかけていた水面を呼び止める。

「お兄様？」

水面が振り返る。

「できた」

「できた？　何がですか？」

「仮説」

「仮説？　お兄様、仮説って？」

「心の箱と体の石の、謎解きの仮説」

「謎が解けたんですか⁉」

「いや、僕にだって確信はない。だから仮説なんだ。本当かどうかは、証明してみないことには解らない」

「教えて下さいお兄様！　箱と石の謎解きを！」

「話すよ。それに叔父さんにも聞いてもらわないと。この仮説を証明するには、叔父さんの協力も必要なんだ」

「お父様の？」

「そう。そしてもう一人。最も重要な人物の協力が必要だ」

「それって……」

「そう」

真面目は頷いて答えた。

「みさきだ」

7

一二月三一日。

大晦日と呼ばれ、年越し蕎麦《そば》などの風習的な食事を取り、寺社では除夜の鐘を撞《つ》く。神社は参拝客で溢れ、それを当て込んだ夜店が賑やかに立ち並び、皆去りゆく一年を振り返り、新しい一年に想いを馳せ、一〇〇円で買った預言の紙切れに一喜一憂する。

それらは全て、人間が考えて、人間がやっていることだ。

昔の真面は一一時五九分五九秒が〇時〇分〇秒になる瞬間に、あまり意味を感じられなかった。日付の変わり目は毎日やってくる。そもそも日付というもの自体が人間の価値尺度である。世界の真理はそこには無い。そう感じていた。

だが年を経るに連れて、真面の脳には新しい情報が蓄えられていく。それらは彼の中に新しい価値観を作り、古い価値観と争い、和解し、舞面真面という人格を形成していく。そうして作られた自分の正否を決めるのもまた自分だ。自己組織化によって作られた自分の人格と、水分子の自己組織化で生まれた雪の結晶に、本質的な違いがあるのだろうか。いやそれどころか、自分は一つの結晶にすら成れてはいない。

自分の中を見る。仮面を創る自分がいる。仮面を壊したいと思う自分がいる。そんなことには全く関心の無い自分がいる。だがそれらの自分は全て、本質的な人格のサポートでしかない。

自分の本質は飢えている。

渇望している。

みさきに言われた通り、自分の中には飢え乾いた凶暴な人格が潜んでいる。それはこれからも先もずっと潜ませ続けなければいけない。自分は彼に仮面を被せたまま、頭の隅でそっと飼い続けることを決めている。彼は脳の独房でその一生を過ごし、独房の中でその一生を終える。

だけど。

時々ならば、出してやってもいい。

それは真面の中に生まれた、新しい価値観だった。


夕方の広場。

体の石の前に彼女は居た。

みさきは大晦日だというのに、初めて会った時と同様の制服とコート姿だった。ポケットに手を突っ込んで、体の石に向かいながら佇んでいる。

「みさき」

振り返ったのはやはりいつも通りの、白い動物の面だった。

「お前か」

言い捨てるとみさきは向き直り、また石を眺め始める。真面は彼女の横に並んだ。

「二日来なかったね」真面は聞く。

「そうだな」

「昨日も一昨日も待っていたのに」

「そうか」みさきは淡々と答える。「まぁ、色々あってな」

「面の詳しい話を聞かせてくれるんだろう?」言いながら真面はポケットから携帯を取り出した。「水面も呼んでいいかい? 君が来ていたら声をかける約束になってるから」

「そうだな……」

少し考えた後、みさきは言った。

「駄目だ」

「え? 駄目なの」

駄目と言われるとは思っていなかったので、真面は聞き返す。

だがみさきはそれを無視して、踵を返しスタスタと歩き出した。

「出かけるぞ。付いてこい」

「出かけるってどこに」

「デートだ」

8

連根山を歩いて下り、県道をしばらく行った所に、その神社はあった。

神社の近くの道沿いには、たくさんの夜店が軒を連ねていた。二年参りにはまだ早い時間にもかかわらず既にかなりの人手が出ている。その隙間を子供達がはしゃいで駆け回り、お祭りの賑わいを作り上げていた。

「この辺は娯楽が少ないからな」

皆、祭りは楽しみにしている、とみさきは言った。

二人は夜店の間を抜けて、神社の境内に続く階段を上がっていった。

夕闇が降りた境内は、普段なら薄暗くて気味が悪いのだろうが、今日は全てがオレンジ色の灯りに包まれている。階段から拝殿までの参道は夜店のパレードだった。

真面とみさきは、焼き物とお菓子の匂いの間を歩いて行く。どこに行っても違和感しかなかった面の少女は、ここでだけは周りの雰囲気と奇妙に溶け合っていた。

みさきは途中の屋台に立ち止まり、甘酒を二つ頼んだ。紙コップに注がれたそれを受け取ると、真面に金を払うように促す。まぁそうだろうなと思いながら真面は代金を支払った。

参道を歩き切って拝殿の前にたどり着く。もちろん参拝している人はまだ居ない。今お参りしても、六時間分くらいの効力しかないだろう。

みさきは辺りを見回すと、拝殿の横側にあった石垣を指差して、あの辺にしようと言った。二人はそこに行き、並んで腰掛けた。祭りの灯りも流石に拝殿の裏側までは届いていない。二人のいる場所は、お祭りとその外側の境界のような場所だった。

「ここは、舞鶴《まいつる》神社というの？」真面が聞く。先程境内に立っていた銘にそう書いてあったのを見ていた。

「元は舞面神社と言った」

「やっぱり。なんだか似ているると思ったんだ。うちの家と関係があるんだろうか」

「お前の家は古いからな。大本まで遡れば出自は同じだろう。どこでどう分かれたかまでは知らないがな」

「ふぅん……。水面と一緒に図書館で調べたけれど、そういう資料は残って無かったな」

「資料は少ないだろうさ。舞面彼面が焼いてしまったからな」

「資料を焼いた？」真面が聞き返す。

「財閥の長として出自を知られるのを嫌ったんだろう。金持ちというのは敵が多い。どこでどういう弱みを握られるかわからないからな」

それにしても極端な話だと真面は思う。個人的な経歴を処分するというのは解らなくもないが、家の出自の資料まで焼いてしまうとは。財閥の長というのは、それほどまでに神経質にならないといけないものなのだろうか。

「それでお前は」みさきは甘酒で満たされた紙コップを石垣の上に置いた。「いつまで居るんだ？」

「もうすぐ帰るよ。正月中には実家に戻る」

「なんだ。帰るのか。石のことを調べているんじゃなかったのか？　この面の話も聞きたがっていたと思ったが」

「覚えているなら、早く話してくれると嬉しい」

「そうだな」

みさきは面の下でくすくすと笑った。

「ならば聞け。水面にも後で教えてやるがよかろう」

そう言ってみさきは真面に向き直ると、面の頬に両手を当てた。

「この面が何を模しているのか、判るか？」

「それは……なんだろうな。狐が一番近く見えるけど、犬のようにも見えるし……いや、猫かもしれない」

「どれもはずれだ」

　みさきが面から手を離す。

「これはな、妖怪の面なんだよ」

「妖怪？」

「そうだ。こういう顔をした大きな動物の妖怪なのだ。狐でも無ければ犬でもない。この面は、元々がこんな顔の生き物を、そのまま模した面なのだよ」

　真面は、図書館で借りた本を思い出した。山を飛び越える大きな妖怪の話が載っていた。みさきの面はその妖怪を模したものなのだろうか。

「妖怪って、生き物なのかい」

「妖怪も死ぬだろう」

「まぁそうか」本当はどうなのかは知らないが、真面は納得しておいた。

「何が言いたいのかと言うと、つまりこれはとても珍しい面なのだ。その辺の神社や祭りでは売っていないぞ。一品ものだ。見る人間が見れば、それなりの値を付けてくれるだろう」

「そんなに貴重なお面なら、家に飾っておいた方がいいんじゃないの？」

「面はかぶるもの。住まない家が朽ちるように、かぶられない面もまた傷む」

「そういうものかな」

「そういうものだ」

みさきは甘酒を手にとって、いつものように面の口に近付けた。そしていつものように飲まずに置いた。

「わかったか。帰ったら水面にも教えてやれ。厳かな面なのだから丁重に扱うようにとな」

「……それで終わり？」真面は突っ込んで聞く。「面の詳しい話というのは、今ので終わりなの？」

「そうだよ」みさきは言い捨てる。面の下でくっと笑っているのが判った。

真面は思う。どうやら彼女は本当の事を話す気は無いらしい。そしてそれは、真面の考えていた仮説とも合致していた。きっとこの子は、どんなに頑張って聞いたとしても、真実を話すことは無いのだろう。

だから真面は駄目で元々のつもりで、最後にもう一度だけ聞いた。

「僕はその面の写真を見たんだ」

「写真?」みさきが反応する。「写真があるのか? どんな写真だ?」

「女学校の制服のような格好をした女の子がその面をかぶっていた。その隣には舞面彼面が立っていたよ」

「ほう……」みさきは考えるようにして、息を漏らした。「それは見たいな」

「僕は、君が言ったことは嘘じゃないと思っている」

真面は、面に向かって語りかける。

「その面は本当に舞面彼面が残した面なんだろう? だから僕が聞きたいのは、なぜその面を君が持っているのか。なぜその面をかぶって、僕らの前に現れたのか。一番知りたいのは、君の目的なんだ」

真面は、みさきの面の双眸を見据えて聞いた。面の瞳は単なる黒い穴で、その向こう側には闇しか見えない。真面は背筋に薄ら寒いものを感じ、それを振り払うように口を開いた。

「教えてくれないか」

面の瞳が、真面の言葉を吸い込んでいった。

「目的、ね」

みさきは視線を外して、神社の木々に切り取られた夕闇を見上げた。

「私の目的は、お前と同じだな」

「……僕と、同じ？」

「飽きているんだよ」

　そう言うとみさきは立ち上がり、ポケットに手を突っ込んだまま、くるくると回った。紺のコートの裾が広がって、まるで大きなコウモリのようだった。

「退屈で退屈で死にそうなんだ。私を驚かせるようなことなど、この世界には何もない。ならばせめて、通りがかった奴とでも遊ばなければ、詰まらな過ぎて死んでしまう。そうは思わないか？」

　境内の砂利がこすれあって綺麗な音を立てた。みさきのコートがだんだんとすぼみ、そして止まる。座っている真面と向き合ったみさきは言った。

「それともお前との遊びも、もう終わりか？」

　真面は、すぐに答えることができなかった。

　みさきの言っていることは本当だろうか。

　自分より十近くも年下の少女が、自分と同じだというのだろうか。

　それとも単に話をはぐらかしているだけなのだろうか。

　だけど、一つだけ確実なのは。

みさきはきっと、自分の本当の目的を話すつもりはない、という事だろう。

真面は小さく息をついて。

みさきの質問に答えた。

「いいや、終わりじゃない」

「うん？」

「君に見せたいものがあるんだ。用意するのに少し時間がかかるけれど……多分、一月の一〇日くらいには見せられると思う」

「ほう……それは、面白いものか？」

「そうだな……それなりに刺激的だと思うけど」真面はわざとらしく考え込んでから言った。「多分、君を驚かせるほどではないね」

「はっ。正直な奴だ」

みさきは空を見上げる。

「良い。良いな。楽しみだ」

祭りの音が少しだけ賑やかさを増していた。

子供達の喧噪《けんそう》が真面達の所まで届いてきた。

「今日は帰ろう。ああ。祭りというのは、本当に良いな」

みさきはくるりと半回転すると、オレンジ色に包まれた境内に向かって歩き出す。真面は甘酒を飲み終わったコップに、みさきの残した甘酒いっぱいのコップを重ねて、彼女の背中を追いかけた。


行きよりも人の増えた参道を、二人は寄り添いながら進んだ。お面の屋台の前に差し掛かった時にみさきが立ち止まる。

「お前も今日ぐらいは面をかぶったらどうだ」

言われて真面は屋台に飾られたお面を眺める。特撮のヒーロー、アニメのヒロイン、真面の知っているキャラクターもいくつかあったが、どれもみさきの面と釣り合うようなものではなかった。

「やめとこう」

「お前はこういう時にテンションに身を任せられないから駄目なのだ」みさきがいつも通りの説教をくれた。

その時、数人の子供が人混みの隙間を縫うように駆けてきた。子供達は二人の横をすり抜けて、そのまま通り過ぎていく。だがそのうちの一人が持っていたフランクフルトが、よそ見をしていたみさきの面の頬に当たった。

「うん?」

みさきが振り返る。面の片方の頬にはケチャップが、まるで動物のひげのように付いていた。付けた子供はそれに気付かなかったようで、もう人混みに紛れて見えなくなってしまっている。

「なんだ今のは」

「あーあ……」

真面は声を漏らす。値打ち物だと教わったばかりの面は早速汚れてしまっていた。

「はん」

そう言うとみさきは、人差し指で面のケチャップをざっと拭った。

「今日ぐらいは許してやろう。祭りだからな」

二人は境内を出たところで別れた。

みさきは「準備が整ったら連絡しろ」と言って、すたすたと帰っていった。

彼女の背中を見送った真面は、大きなため息をついてから、ぽつりとつぶやいた。

「困ったな……」

一月　一〇日

1

その日、一月一〇日は仏滅だった。

真面はこれまでの人生で、六曜を気にしたことなど一度も無い。だから気にしたのは今日が初めてだった。それもまた真面の中に生まれた、新たな価値観だったのかもしれない。


年が明けて一度下宿に戻っていた真面は、本日、叔父の屋敷のある山に再び訪れた。

午後一時。真面は屋敷で借りた車で、みさきを迎えに行った。土曜日で学校は休みのはずだが、十日ぶりに会ったみさきはやはり制服にコート姿。そして当然、白い動物の面をかぶっていた。

「ケチャップ、綺麗に落ちたね」真面が助手席に乗るみさきの面を見て言う。

「あれがずっと残るようだったら、餓鬼をひっつかまえて殺している」みさきは物騒なことを言った。

「先に謝っておくけど。実を言うとまだ準備が途中なんだ」

「なんだ、まだなのか。なら終わってから迎えにくればよかろう」

「でも元々お昼の約束だったからね。折角だし、時間つぶしに付き合うよ」

「律儀なことだ」

「どこか行きたいところがあればリクエストしてくれ」

「ふむ……」みさきは少し考えてから言った。「TSUTAYAだな」

二人はTSUTAYAに行って、店内をぶらついた。

　みさきは流行の歌にとても詳しかった。対する真面は一曲も知らない。ならば年上の真面の方が懐メロに詳しいかと言えばそんなことは全く無く、昔の歌の知識もみさきの圧勝であった。みさきは彼女の親の世代が好むような歌まで幅広く知っていた。

　TSUTAYAを出た二人は、同じ敷地《しきち》に建っている広い書店に入った。そこでは真面が理系専門書や啓蒙書《けいもうしょ》、科学系雑誌などをみさきに解説する事ができた。みさきはふむ、と真面の話を興味深く聞いていた。

また逆に彼女は、真面にティーン向け女性雑誌について事細かに教授した。なぜ25ansではいけなかったのか、Seventeenのどこが優れているのか、miniも割と好き、というような話を大いに語った。みさきの話は思っていたよりも論理的だったので、真面は話を真面目に聞くことができ、女性誌に多少詳しくなった。

書籍の買い物（当然全て真面が払った）を済ませた後、二人は車で移動した。行き先は、みさきの行きつけだというカラオケボックスである。

流行歌にも懐メロにも詳しくない真面には、カラオケで歌える曲などほとんど無い。当然ながらカラオケはみさきの独壇場であった。

みさきはカラオケでも面をとらずに歌った。面の向こうに籠もった声がマイクに拾われて部屋に響く。それだと聞き取りにくいかと思ったがそんなこともなく、むしろ普段よりも聞こえやすいくらいだった。そうして結局みさきは、休憩をはさみつつも一人で四時間を歌い切ったのだった。

店を出ると、外はもう暗くなっていた。

「夜だぞ」みさきが聞く。

「そろそろのはずだけど……」

真面が答えた丁度その時、携帯の着信音が響いた。水面からの着信だった。真面は電話を取り、うん、うんと二言三言交わしてから電話を切る。

「お待たせしました」

2

車は連根山に向かっている。

「広場に行くのか？」みさきが聞いてくる。「それとも舞面の屋敷か」

「広場だよ。体の石のところさ」

「いったい何を見せてくれるのやら。ああ、そうだ」みさきがポンと手を叩く。「あそこの電球が切れていたのを忘れていた」

「そういえば年末にはもうチカチカしていたね」

「買ってくれれば良かった」

車は山に向かう道に入り、そのまま坂を登り始める。

真面はアクセルを踏みこんで曲がりくねる道を進んでいく。

広場への入り口に車を止めて、二人は山道を歩き出した。夜の森はかなり暗い。この道には街灯も無いので、真面は足下を確かめながら、ゆっくりと登っていった。

視界が開け、二人は広場にたどり着く。

しかし先ほどみさきが言った通り、唯一の灯りであった電球が切れてしまっていて広場は真っ暗だった。空の月明かりだけがわずかに、ベンチと体の石を浮かび上がらせている。

「誰か居るな」みさきが暗い中で人影を見分けて言った。

二人は広場の中央に向かっていく。近づくに連れて人影の姿が徐々にはっきりと見えてくる。待っていたのは水面と、その父・影面であった。

影面は屋敷で見せる和装ではなく、工事現場の作業員のような灰色の作業着姿だった。手には大きめの紙袋をぶら下げている。

その影面が、みさきの面を見て驚愕《きょうがく》の表情を浮かべる。

「驚いたな……間違いなく、あの時の面だ」

「あの時？」みさきが聞き返す。

「いや、失礼……私は小さい頃にね、その面をかぶった女性と会ったことがあるんだよ。この広場でね」

「ほう」みさきは少し間をおいてから「知らんな」と言った。みさきは中学生なのだから、それは当然のことだった。

「はじめまして。舞面影面です」

影面は子供のみさきに対して、丁寧な挨拶をした。

「それは知っておるよ」逆にみさきは影面ほど年上の人間に対しても、いつも通りの無礼な態度を崩さずに言った。「沢渡みさきだ」

「みさきさん」水面が横から口を挟んだ。「そのお名前が偽名なのはもう判っているんです。本当は愛美さんと言うのでしょう？」

「なんだ、知っているのか」みさきは悪びれもせずに答えた。

「どうして偽名を名乗っているんです？」

「偽名というわけでもないのだがな。説明も面倒だ。ペンネームとでも思っておけ」

「ペンネームは何かを書く時に名乗るものです」

「だったら芸名でも何でもいいよ。愛美と呼ばれても困る」

「困るって……本名なのに」水面は首を傾げる。

「私の名前なんぞどうでもいい」みさきは隣の真面に面を向けた。「面白い物を見せてくれるんだろう？」

真面は首肯し、影面に顔を向ける。

「叔父さん。準備の方は」

「整っているよ。では三人とも、こちらへ来てくれ」

そう言って影面は、体の石とは反対の方向に向かって歩いていく。三人は影面の後に続いた。みさきが歩きながら、前を行く影面の足元を見た。影面は何か、黒い紐のようなものを引きずっていた。

石から見て広場の対角線上の端で影面は立ち止まった。そして紙袋から黄色い物を取り出した。

「三人ともこれを」

みさき達がそれを受け取る。

それはヘルメットだった。

「かぶれというのか」みさきは面を着けたままで、その上からヘルメットをかぶった。面の耳がつかえて、かぶりにくそうにしている。真面と水面も同じヘルメットを着ける。

「何をしようというのだ？」

「うん」

真面は振り返って、広場の反対側にある体の石を見た。

「今から」

そして、平然と言った。

「体の石を爆破する」

「なっ」

みさきが声を上げる。

面をかぶっているので表情は判らない。だがそれでも彼女の動揺は態度から見て取れた。

「石を、爆破するだと！」

「そうだ」

「なぜだ！　言え！」みさきは声を荒らげた。これまでに見たことが無いほどに焦っている。

真面は。

「それが」

真面はただ事実を伝えるだけだった。

「舞面彼面の遺言だからだ」

真面が振り返り、影面に目線を送る。影面の手には小さなプラスチックのボックスが握られていた。そのボックスから、先程みさきが見た黒い紐が伸び、さらにその先には体の石があった。影面はそのボックスの横に飛び出した、小さな赤いレバーに手をかけた。

「3」

影面の口からカウントが響く。

「2」

みさきが慌ててそちらを振り向く。

「待てっ！」

「1」

影面のカウントは。

止まらなかった。

「0」

影面の手がレバーを回す。

その瞬間、ドムン、という音が広場の反対から響いた。

全員が一斉にそちらを向く。

そこには体の石の、立方体のシルエットが佇んでいる。

だが次の瞬間。

その四角い影は、力無く、ガラガラと崩れ落ちた。

みさきはそれを眺めながら、呆然と立ち尽くしている。

真面たち三人は何も言わずに、立ち尽くすみさきを見守った。

みさきがゆっくりと右手をあげる。

そして自分の面に触れ、それを軽くなでた。

その手をぶらりと下ろしたかと思うと、肩を一回震わせ、二回震わせ。

「はははは！　あはははははははは！」

夜空を仰いで、高らかに笑い上げた。

みさきは腰に両手を当てて、がくりと俯く。

「はっ……ふふ、ははっ」

笑いはまだ止まっていない。自分で抑えようとしているようだが、それでもくっくっ、という声が、どうしても仮面の隙間から漏れ出してきていた。

そうしてしばらく笑い続けてから、みさきは肩の力を抜いて長い息を吐いた。

俯いていた顔をふいっと上げると、彼女は三人の方に向き直って、言った。

「さぁ。話せ。聞こうじゃないか。石を吹き飛ばした理由。そして、舞面彼面の遺言をな」

3

「まずは、遺言状を見てくれ」

真面は水面に目線を送る。水面は鞄に入っていた遺言状を取り出して、中を開いた。そしてその書面をみさきに見せる。真面は説明を始めた。

「舞面彼面の遺言状にはこう記されてる。

〝箱を解き　石を解き　面を解け　よきものが待っている〟」

書状の文面を見たみさきは、またも小さく肩を震わせた。

「それで？」とみさきが促す。

「結論から言えば。これはテストだったんだ」

「テスト？」

「そう。舞面彼面の遺産を継承するのに相応しい人間を探し出すための、長期にわたる大掛かりなテストだったんだよ」

真面は、水面の持っている遺言状を見る。

「僕たちはまず最初に、この遺言状が舞面彼面の遺産の在処《ありか》を示すものだと考えた。

箱、石、面の三つを解いたものに〝よきもの〟を、つまり舞面彼面が残した価値のある何かを授ける、そういう意味だと思った」

「ふふ」みさきが仮面の下で笑う。「価値のある何か、ね。で？」

「僕らはまず箱を調べることにした。舞面彼面が舞面家に残した箱。〝心の箱〟を調べた」

「箱は？」みさきが聞く。

水面が書状を脇に抱えると、再び鞄の中に手を入れて今度は黒い布包みを取り出した。布を開くと、中には五面の心の箱と、外された蓋の部品が入っていた。

「これです」水面が箱をみさきに見せた。みさきは近付いて、三つになってしまった心の箱を手に取る。

「なかなか綺麗にばらしたものだな」

みさきはそれだけ言って箱を水面に返した。それはまるで、心の箱のことを前から知っているような口ぶりだった。

「なぜ心の箱を開けた。その理由を申せ」

みさきが真面を見据えて聞く。

「開けないと中身が判らないからだ。壊す前にX線検査をしたから、中身が入っていないことは判っていたけれど。X線では判らない情報を確認するためには、一度壊してしまうしかなかった」

「透視してから壊したのか」みさきが再びくっくっと笑う。「それはずるくないか？」

「遺言状には反則だと書いていなかったからね」

「なるほどな。その通り」

「箱を壊した結果、中には何の物体も、何の情報も残されていないことが確認できた。つまり心の箱は何かをしまうための箱じゃない。心の箱の目的は収納ではなく、別にある。僕らはそれを考えた。そして、一つの答えに行き着いた」

「言ってみろ」

「心の箱は、壊さないと開けられない箱だ。だけど、それは別の言い方もできる。心の箱は、壊して開ける箱だ、とね。そして、箱が伝えようとしているものは、まさにその一点。壊して開ける。ただそれだけだったんだ」

真面は、水面の持っている心の箱を見た。

「心の箱の〝心〟とは何を指しているのか。それは精神としての心、つまりmindやheart、spiritの事じゃあない。心の箱の〝心〟とは〝心得〟の事なんだ。know-howであり、experienceであり、ruleである〝心〟の事。この箱は、そういった考え方の方向を示していたんだ。〝壊して開ける〟というやり方。それを教えるための箱。言うなれば心の箱は説明書、いいや、説明箱なんだ」

みさきは黙って聞いている。

「そう考えると、次に行うべきことが自然に浮かび上がってくる。箱が方法を示しているのなら、その方法を、一体何に対して用いればいいのか。もちろんそれは一つしかない。〝心〟を適用するもの。それは〝体〟だ。心の箱が伝えたノウハウを、体の石に適用する。体の石を、壊して開ける。それが次の答えだ。だけど体の石には継ぎ目も無ければ特別な加工の形跡も無く、単なる自然石の彫刻に過ぎない。過去に体の石を移動した際に、叔父さんが石の底側に何も無いことも確認している。つまり論理的に考えれば、あの石の中に何かを収納することは不可能だ。これらの状況証拠から導き出される結論。体の石を〝壊して開ける〟とは、中の空洞を露出するという意味でなく、単に破壊してバラバラに開く、という意味だということ」

真面は影面の方を向く。

「だから叔父さんに頼んで、ダイナマイトで破砕してもらった。建機を借りて割ったりする方法も考えたけれど、言葉の意味をより正しく適用するためには、粉々にするのが一番だと思った」

影面が真面の話に首肯する。真面は話を続ける。

「まず心の箱を壊して開けること。そしてその意図を理解して、体の石も破壊すること。それが舞面彼面が遺言状で示した、遺産への正しい筋道なんだ」

「なるほど、なるほど」

みさきが相槌を入れた。

それは人を食ったような相槌だった。

「箱と石について、お前が何を考えたのかは解ったよ。なら」みさきは自分の顔を覆う白い動物の面に指を這わせる。「なら、面は？」

「面とはもちろん、君がかぶっている、そのお面のことを指している」

真面は、みさきの面を指差して言う。

「ここまでの推論に達した時に僕は考えた。例えば心の箱を壊して、体の石を壊したとして。問題はその後だ。箱と石を壊した人間に〝どうやって遺産を渡すのか〟。体の石の中には何も隠せない。石の下に残してあるのだとしたら、石を破壊しなくても、移動するだけでも良いことになってしまう。それだったら前に移動した時に見つかっていてもおかしくない。条件をあくまでも〝心の箱と体の石の破壊〟とするならば、その二つをクリアしたことをいったいどうやって確認すればいいんだろう。答えは至って簡単だ」

真面はみさきの面の双眸を見据えて言った。

「誰かが確認すればいい」

みさきは微動だにせず聞いている。

「箱を壊して、意図を理解し、石を壊す。こんなファジーな条件が果たされたかどうかなんて、人間にしか判定できない。つまりこのクイズには、正解か不正解かを判定する人間が必要なんだ。そして舞面彼面は、その判定人も問題に組み込んだ。遺言状の言葉〝面を解く〟。それは文面のままに考えるなら、仮面を外す、つまり正体を見破るという事だろう。でもここで言う〝正体を見破る〟とは、君のお面を外して素顔を明らかにする事じゃない。箱と石の条件を揃えて、思考を巡らせて、君が何者なのかを見破り、指摘すること。それが遺言状の最後の条件〝面を解く〟なんだよ。つまり」真面は、みさきの面を指差した。

「君こそが、舞面彼面の遺産管財人なんだ」

みさきがくっ、と笑う。

「私が？　私が舞面彼面の遺産の管理人だと？　年端も行かぬ中学生の私が、何十年も前に亡くなった人間の遺産を管理していると？」

「仮面の管財人のメリットは、そこにこそあるからね」真面が答える。

「面が目印になっている事で、管財人は入れ替わりが可能になる。別人であっても、仕事の内容さえ把握していれば構わないという事さ。これによって、管財人が不在になるという事態を回避しやすくなる。たとえば事故で、たとえば寿命で管財人が亡くなったとしても、仕事を理解している別な人にその動物のお面を受け継ぎさえすれば良いんだからね。たとえ一人が死んでも、舞面彼面の残したシステムは機能し続ける。次の世代に受け継ぐことも可能になる。なにより、今目の前にいる管財人が中学生の女の子である事が、その確たる証拠だよ。それにもう一つ。これはあくまで推測だけどね。君の家、沢渡家はもしかすると、その任を代々受け継いでいる家なんじゃないかな？　舞面彼面と一緒に写真に写っていたのは、多分君のお祖母《ばあ》さんじゃないかと思う。そう考えると叔父さんが小さい頃に見たお面の女性は必然的に君のお母さんということになる。沢渡家は連根山の麓だ。きっと君のお祖母さんは、体の石を見守る役目を舞面彼面から託されたんだと思う。そしてその任をこの地でずっとずっと果たしてきたんだ。これは本当に単なる憶測だけれどね」

真面がそこまで説明をすると、みさきは下を向いて、いやぁ、と小さく頭を振った。

「よく考えたものだ」

そう言ってみさきは、ポケットに突っ込んでいた手を出すと、とても緩慢な拍手をした。

それもまた、人を食ったような拍手だった。

「舞面真面よ」

みさきが突然、真面にフルネームで呼びかける。

「今の話。考えたのはお前一人か？　そこの水面や影面にはあんな大それた話は考えつくまい。遺言状の謎解きの仮説を作り上げたのは、たぶんお前一人だな。そうだろう？」

「そうです」代わりに答えたのは水面だった。「謎を解いたのはお兄様です。心の箱を開けたのも、体の石を壊すことを考えたのも、みんなお兄様です。私たちはその手伝いをしただけ」

「ふふ、水面よ」みさきは水面に向かって言う。「お前なかなか見る目があるな」

「さぁ。僕の話はこれで終わりだ」

真面が両手を広げて言った。

「次は、君の番だ」

「私の番か」みさきが飄々と答える。

「ああ。僕は推論を提出した。この推論の正否は、君が判定するんだ。仮説が正しければ、君の正体は舞面彼面の遺産管財人だ。仮説が間違っているならば、君はお面をかぶっているだけの単なる中学生という事になる。さて、いったいどちらなのか。次は君が、それを答える番だよ」

「うふふ」真面の言葉を受けたみさきが、面の下で陽気に笑い、夜空を仰いだ。

「楽しい。楽しいなぁ。こんなに楽しいのは、本当に久しぶりだ」

「みさき」

真面がみさきの名を呼ぶ。

「答えは？」

みさきは、天を仰いだまま動かない。

真面と水面、影面の三人は、彼女の返事を待った。

みさきは。

みさきは悠然と頭を下げると、どこを見ているのか判らない面の瞳で、三人全員を捉えながら、言った。

「少し昔の話をしよう」

4

「舞面彼面は、孤独だった」

　みさきは面を被ったまま、淡々と語り始めた。

「舞面彼面は頭の回る男だった。小さい頃から人より先を考え、人とは別を考え、人とは交わらない線の上で生きていた。舞面彼面は、衆生とは区別されるべき人間だったが、彼はその頭の良さでもって、自分の本質を綺麗に覆い隠していた。彼は本性を誰にも悟られぬまま、この片田舎の山で静かに暮らした」

　真面はその話を聞いている。

「舞面彼面はこの何もない山奥で、二十歳になるまで暮らしていた。彼面が二十年の間、その非凡な頭を抱えて、この地で何をやっていたのか。彼面は晩年に語った」

　みさきの面がくくっと笑う。

「彼は言ったそうだ。考え事、だとな。彼面は二十年もの間、一体何を考えていたのか。ふふ。おかしな話よ。彼がずっと考え続けていたのは、企業経営に乗り出すための綿密な計画でもなければ、舞面財閥勃興までの大掛かりな青写真でも無い。舞面彼面はな、自分の頭を何に使ったらいいのか、ただそれだけをずっと考えていた。彼は自分の頭が他人と違うことを過不足無く理解していた。そして、その異質な頭を何に使ったらいいのか、いやそもそも使わない方がいいのか、そんなことの答えを、二十年間ずっとずっと考え続けていたそうだよ」

みさきは何十年も前の話を、見てきたように語った。

それは例えば、昔の話を自慢げに語る老人のようであった。

「先に結果を言えば、舞面彼面は二十年目にしてこの地を飛び出し、企業経営の世界に足を踏み出す事となる。彼面の考えにどんな変化があったのかは解らない。解らないが、きっと何かを見つけたんだろう。そして見つけてからの舞面彼面は早い。常人とは比べ物にならない速さで頭を回し、瞬く間に日本有数の企業を作り上げた。舞面が財閥と呼ばれるようになるまでに十年はかかっているが、財閥の根幹を作り終わるまでには三年もかかっていないのだよ。そうして舞面彼面は、ほんの瞬きほどの時間で、大変な資産を作り上げたのだ。だが」

みさきが俯く。

「舞面彼面は孤独だった」

「孤独……」水面が言葉を繰り返す。

「企業のトップであった彼面の周りには、常にたくさんの人間がいた。数え切れない部下が居て、優秀な側近達も居た。そして彼面は結婚もした。その体だけを見れば閨《けい》閥《ばっ》婚《こん》にも見えただろうが、仲睦《なかむつ》まじい夫婦だったそうだ。もちろん二人は子供ももうけた。家庭を築き、仕事を広げ、舞面彼面は数え切れない人間と接した。だが」

みさきの話が途切れ、広場に小さな沈黙が流れる。

数瞬の後、みさきは話を続けた。

「だが、その中には、舞面彼面と対等に話ができる人間など居なかった。そして輪をかけて残念なことに、舞面彼面はそれに不幸を感じる事がなかった。また幸福を感じることもなかった。彼はただただ、その事実を受け止めているだけだった。結局舞面彼面は、自らの孤独を埋めるために動いたことなど死ぬまで一度も無かったのだ。その結果、彼は死期の直前になっても、誰頼る人間も無く、ずっとずっと一人だった」

みさきが水面に近付いて手を差し出す。水面ははっと気付いて、持っていた遺言状を渡した。みさきは、畳まれた遺言状を眺めながら言う。

「そんな彼面は、自分の死期を悟った時、自分の築いてきたものを残そうと考えた。どういった心境の変化が有ったのかは解らない。もしかしたら舞面彼面は、自分の生きた証《あかし》を、どこかに残したくなったのかもしれないな」

みさきが遺言状を広げた。

「その相手を見つけるために用意したのが、この書状だ」

「彼面さんは……」水面が口を挟んだ。「どうして、こんな手の込んだことをしたんですか？　わざわざこんな暗号めいた遺言を残した意味って……」

「舞面彼面はな、探していたんだよ。自分と同じところで生きている人間をな」

「同じところで……生きている人間？」真面がみさきの言葉を繰り返す。

「そうだ。彼面は自分と同じ世界に生きる人間を探していた。だが彼が生きている間には、そんな人間に巡り会うことはついぞ叶わなかった。だからせめて死んだ後でもいい、自分と同じ人間を探そう、そう思ったんだろうな。さらに厄介なことにだ。舞面彼面はそういう人間の探し方を本能的に知っていたのだ。それがこの遺言状なのよ」

「どうやって？　その遺言状で、どうやって彼面さんと同じような人間を見つけられるというんですか？」水面が聞く。

「説明しても、理解できるかな？」

みさきは遺言状の文面を眺めた。そしてまた小さく笑う。

「真面よ」

「うん？」

「お前はさっき、これをテストだと言ったな」

真面は頷く。

「そう。お前の言う通り、これはテストだ。舞面彼面の遺産を受ける資格があるかどうかを試すテストだ。では問おう。舞面彼面は、この問題で相手の何を調べようとしていたのだと思う？」

「それは……」

真面は考える。

彼面の残した問題の答え。心の箱と体の石を壊すという答え。管財人の正体を指摘するという答え。その解答に辿《たど》り着《つ》くには、どんな能力が必要なのか。舞面彼面が試したかったのは、その能力のはずだ。

「例えば……」真面は手探りで答えた。

「思考の幅や発想の転換。頭の柔らかさ、そういったものに類する能力を試したかったんじゃないのかい？」

「はん」みさきは鼻で笑った。

「まぁ今のお前の頭では、まだその辺が限界だな」

みさきは書状をぺらぺらと振り回しながら言う。

「これはな、あっち側の人間を探すためのテストなのだよ」

「あっち側……？」

意味が解らない。真面は眉根を寄せる。

「言っても解らないだろうがな。例えば水面よ。お前はこっちの人間だ。もちろん影面もこっちの人間だ。そしてこの場では、真面。お前だけが彼面と同じ側の人間だよ」

「その、もう少し砕いて説明してくれないか」

「これ以上は砕けんよ。そういう類の話だ。舞面彼面は問題を用意した。それは一本の線だ。『箱を壊す』『石を壊す』『面を暴く』この三つを結んだ一本の線。それを超えられる奴を探す。ただそれだけの問題なのだ。そして彼面は、その線にこそ絶対の価値を見出《みいだ》していた。線を超える人間。それが舞面彼面の遺産を受け継ぐ唯一の有資格者なのだ。だが残念なことに、舞面彼面の引いた線は余りにもレベルが高過ぎたな。結局線を超える者は数十年間一人も現れず、今日この日まで遺言状の謎は謎のままだった。まぁ解かれただけでもましというものか」

「では……」影面が一歩踏み出して、みさきに聞く。

「では、真面くんの仮説は正しかったということかね？　真面君には舞面彼面の遺産を受け継ぐ資格があると？」

「そういうことだ。お前はテストをクリアした。晴れて有資格者というわけだ。おめでとう」

みさきが真面に向かって、ぞんざいに言った。

「そうですわ！」水面が声を上げる。

「みさきさん！　私たちが一番知りたいのはそれです！」

「うん？」

「遺産です！　舞面彼面の遺産ですよ！　それはいったい何なんですか？　〝よきもの〟とは、いったい何のことなんですか？」

水面が興奮してみさきに詰め寄る。それは真面と影面にとっても、一番知りたい話だ。

「教えるよ」

みさきが水面を手で制した。

「さてお前たち。お待ちかねだ」

三人を前にして、みさきは本当に楽しそうに言った。

「これから、一番残念な話が始まるぞ」

5

「真面よ。お前は先程〝よきもの〟を価値のあるものだと言ったな。なぜそう思った？」

「いや、そんなに深い考えがあって言ったわけじゃないよ。情報が少なすぎて最低限の推測しかできなかっただけなんだ」

真面はみさきの質問に答える。

「舞面彼面の文面だけじゃ、遺産は〝良いもの〟であって〝悪いものでない〟という以上のことは読み取れない。そして良《よ》し悪《あ》しの判断は、書状を書いた舞面彼面の価値観に委ねられている。良いもの、と記されているならば、それは価値があるもの、少なくとも舞面彼面にとっては価値があったであろう物だろう。そう推測しただけだよ」

「まぁ妥当なところだな」みさきが頷く。「では聞こう。舞面彼面が持っていたもので、一番価値のあるものとは、なんだ？」

「一番価値のあるもの……」真面は考えた。

「それはやっぱり、お金ではないんですか？」水面が言う。「大財閥の当主なのですから。大金を持っていたはずです」

「金銭の価値は変動する」みさきが答えた。

「物価も貨幣価値も時代と共に変遷する。ほんの少し時間が過ぎるだけで、大変価値のあった貨幣が、僅かな価値しか持たなくなる。舞面彼面は先のことを考えて生きた人間だ。そういった不確かな物を、よきものとは表現しないだろうな」

「金銭の価値が変動だと言うなら、逆に変動の少ない資産じゃないかね？」続いて影面が意見を述べる。「例えば不動産。例えば貴金属。時代を超えて価値を認められるようなものをどこかに隠した。もしくは権利を残した。そういうことでは？」

「ふむ。お金、よりはましな答えだ」

みさきの言葉に水面が頬を膨らませた。みさきは気にせず続ける。

「確かに資産の権利を誰かに預けておいたり、資産の一部を金などに替えて埋蔵するという方法もあるだろう。それらは価値の変動には強い。金塊の山なんぞはまさに財宝。遺産と呼ぶに相応しいな」

「金《きん》なんですか？」水面が目を丸くして聞いた。

「残念な話だと言ったろう。金ではないよ。もちろん彼面は金も保有していたし土地資産も持っていた。だがそれらも、言うなれば彼面が持っていた価値あるものの一部でしかない」

「一部……」真面は頭を巡らせた。「まさか、舞面彼面が持っていた一番価値のあるものというのは……」

「そうだ。簡単なことだ」

みさきが少しだけ顔を上げる。

「舞面財閥当主・舞面彼面の所有物の中で、最も価値のあるもの。それは舞面財閥に他ならない」

「舞面……財閥？」水面が聞き返した。「え？　どういうことですか？」

「言葉のままさ。舞面彼面は、遺言状の問題を解いた人間に、舞面財閥を丸ごと渡そうとしていたのだ。つまりこの遺言状はな」

みさきが書状をぴらぴらと振った。

「舞面財閥の後継者選びの試験だったというわけさ」

「後継者!?」水面が驚きの声を上げた。

「彼面が亡くなる前。時は折しも終戦直後だ。舞面財閥も他の財閥に漏れず、米国の財閥解体政策に晒《さら》されることになった。政策が実行されれば企業体は解散。舞面財閥はその存続が危ぶまれていた。だが舞面彼面は死ぬ直前に、関連企業の全てに対して、ある仕込みを残した。それは企業体の再集結のための契約。表には出ない隠された契約をそれぞれと取り交わし、戦後の政策緩和に合わせた舞面財閥の復活を画策していたのだよ」

「財閥復活……」影面が呻《うめ》いた。「財閥企業の再集結は……有り得ないことではない。事実、現存する旧財閥系企業は政策緩和後に再集結したものだ。だがまさか、解体の前にその仕込みをしていたとは……」

「彼面はただ再集結の準備を整えていたわけではない。彼は自分の死期が近いことを知っていた。だから舞面彼面はこの遺言状を残した。自分と同じ側の人間を探し出し、その人間を新当主に据えて舞面財閥を復活させる。それが舞面彼面が死ぬ直前に残した計画の全てなのだ」

「ま、待ってください、じゃあ」水面が慌てて割り込む。「まさか、お兄様を新当主として舞面財閥が復活するっていうんですか⁉　彼面さんと契約していた企業が集まって、舞面財閥が再び興ると言うんですか⁉」

それは、余りにも突拍子のない話だった。

聞いた水面本人も、真面も、影面も、そんなことが本当に起こるのかと、全く信じられないでいた。

その空気を感じたみさきはうんうん、と二回頷いてから、水面に答えた。

「残念な話と言っただろう」

6

「舞面彼面の計画は非常に綿密なものだった。だが哀《かな》しいかな。一つだけ誤算があったのだ」

「誤算？」

「阿呆過ぎたのだ。みんな、な」

みさきは再び書状を持ち上げた。

「財閥解体政策はそう長く続かないだろうことを彼面は予想していた。事実、解体に関する法は戦後十年もしないうちに失効している。それまでには、この問題を解く人間がきっと現れる。彼面はそう思っていたのだろうな。そしてそれが舞面彼面の唯一の誤算だった。ご覧の通り、今日この日に問題は解かれた。なんと彼面の死から半世紀以上が経過してしまった後に、だ」

「その……」水面が恐る恐る聞く。「駄目……なんですか？」

「彼面が残した再集結の契約はあくまでも裏のものだ。正式な書面を交わすようなものではないし、法的な拘束力を持つものでもない。書面で交わさない契約とは一体何か。それは人間と人間の間で交わされた約束だよ。彼面は様々な条件、利益、報酬、時には力を駆使して、系列の企業と不文の約束を取り付けたのだ。そしてそれは、あくまで企業の上に立つ個人との契約に過ぎない。どういうことか解るか？」

みさきが真面に聞く。

「半世紀以上が過ぎた今では……」

「そうだ。みんな死んでいるよ。彼面が財閥復活の契約を交わした面々は、ほとんどみんな墓の中。仮に生き残っていたところで、歩くのもやっとの老人だろうさ」

「じゃ、じゃあ、みさきさん」水面が眉をハの字にしながら聞く。「舞面財閥の復活は……」

「手遅れ」

「そんな！」水面が両手で頬を押さえて叫んだ。

影面も驚きに目を開く。だが隣にいる水面の呆然ぶりを見て、自嘲気味に笑った。

「いやはや……」影面の肩から力が抜けた。「まさか、こんな大それた話になるとは思わなかったよ……。舞面財閥の復活とはね」

「残念な話だったろう」

みさきの言葉に、影面は笑う。

「ああ。本当に残念だ」

「そんなぁ……」

水面が悲しい声を上げて、手に持っていた心の箱をもう一度見返した。それは、物質的な意味でも本質的な意味でも空っぽだと告げられた、徒労の象徴だった。

「なんだ。宝が欲しかったのか、水面」みさきが聞く。

「違います……そうじゃありませんけど……。みさきさんも想像してみてくださる？　プレゼントを渡されて、箱を開けたら中は空っぽ。実は贈り物は氷の彫像だったから、もう溶けてしまったんだと言われたら、誰だってこんな顔になります……」

みさきがなるほどなぁ、と頷く。確かにそれは用意した方が悪い、怒っていいぞ水面、と悪びれもせずに言った。何より実際、みさきが悪いわけではない。水面は悔やむに悔やまれぬ表情で「うぅ……」と呻いた。

そんなやり取りの横で。

真面は。

舞面真面は、みさきの面をじっと見つめていた。

みさきもそれに気付き、面を向けた。

「舞面真面よ」

面の黒い目が真面を見据える。

「話はこれで終わりだよ。舞面彼面の遺言状に関する顚末《てんまつ》は全て語った。残念ながら、宝もなければ財閥もない。結局お前らにとっては、骨折り損のくたびれ儲《もう》けでしかない話だったわけだ」

言うとみさきは、崩れてしまった体の石に顔を向けた。

「これで私の仕事は終わりだ」

三人に背を向けたまま、みさきは語る。

「もはや心の箱は無い。体の石も無い。舞面彼面が残した役目。それを今日確かに果たしたのだ。私はもう、ここに縛られる必要も無い」

くるりとみさきは回る。そして影面と面を合わせる。

「影面よ」

「何かな」

「お前、何か焦っているようだな。どうせ仕事のことだろうが」

影面が目を丸くする。みさきは続ける。

「お前の長所は朴訥《ぼくとつ》な所ぐらいなのだから。余計なことを考えずに真面目に働け。そうすれば結果も付いてくる。私が保証しよう」

お面の少女は影面の心配事を見透かしたように言った。まるで親が子に言い聞かせるようだった。

「ありがとう」影面はたまらず苦笑する。「肝に銘じておくよ」

みさきは続いて水面に向き直る。

「水面」

「なんですか？」

「お前には別に言う事はない。そのまま生きろ。大層楽しく過ごせるだろうさ」

「……ありがとうございます」水面は馬鹿にされたような気がしてむすりとした。冷静に考え直すと実際に馬鹿にされたのであろうことに気付いて、ぷぅと頬を膨らませた。

そうして最後にみさきは、真面に向かって近寄ってきた。

ポケットに手を突っ込んだまま、真面の正面に立つ。

斜め下から白い動物の面が真面を見上げた。

「舞面真面よ」

「うん」

みさきと向かい合う。

その瞬間、真面は初めて、このお面の少女と対等になれた気がした。

「お前はあの問題を解いた。お前は舞面彼面が残した線を見事に超えてみせた。報酬は何も無い。だが、お前は間違いなく、舞面彼面と同じ世界に立ったのだ」

言ってみさきは真面から離れ、くるりと身を翻して、三人に背を向けた。

「さて。私は帰る」

背を向けたままで、みさきは言う。

「ああ、良い気分だ。本当に良い気分だ」

みさきが歩き出す。

広場の入口に向かって、ぽすぽすと軽い足取りで進む。

真面も水面も声をかけようとした。

だがどう呼び止めていいのか、咄嗟《とっさ》には出てこなかった。

そうしてみさきは、広場の入口まで行って立ち止まる。

ポケットに手を入れたままで半身に振り返ると、真面と面を合わせた。

「真面よ」

「なんだい」

みさきがポケットから右手を出す。

そしてお面に手をかけると、それを上にずらして、頭にかぶった。
現れたのはどこにでも居そうな、中学生の女の子だった。
だがその笑顔は。
皮肉に微笑んだその笑顔は
間違いなく。
真面達を翻弄したみさきの笑顔だった。
「なかなか面白かったぞ」

一月　一二日

1

三隅秋三は携帯電話の画面を気にしつつ、周りの様子を窺った。

駅から程近い通り。時刻は夜の八時になったばかりで人通りもそれなりにある。距離を保ってさえいれば尾行に気付かれることはまず無いだろう。それほど難しい仕事ではない。いやむしろ、自分がこれまでに扱ってきた依頼の中では、簡単過ぎるほどの仕事だ。

三日前、三隅はその簡単な依頼を受けた。内容は品物の追跡。目的の物がどこかに運ばれるので、その足取りを追ってほしいという事だった。

そして依頼人の言った通り、昨日その品物が宅配便で送られた。三隅は配送業者を騙して苦も無く送り先を突き止めた。そして今日。その荷物がこの街の、とあるマンションの一室に届けられたのを確認した。その部屋には若い女が一人で暮らしていることも調査済みだ。

三隅はすぐに依頼人に連絡をした。余りにも簡単な仕事だった。こういう仕事ばかりならば探偵はとても素晴らしい仕事なのだが。

しかし仕事はそこで終わらなかった。なんと電話口の依頼人が、今からこちらまで来ると言う。さらに加えて、そのマンションからまた移動するかも知れないので見張っておいてほしいとも。だが依頼人の自宅は県外にある。来ると簡単に言っても数時間はかかるだろう。その数時間の間、物がどこかに持ち出されないように監視してくれ、というのだ。

まぁそれくらいなら料金の範囲内だと思い、三隅は依頼人の頼みを引き受けた。どちらにしろ今日中には片が付く仕事だ。夜まで見張ったとしても美味《おい》しい仕事なのには違いない。

そうして見張りを始めて四時間が経った頃。住人の女が部屋から出てきた。三隅は女を注視する。手ぶらだった。目的の品は部屋に置いてあるのかと一瞬思う。だがすぐに気付いた。その女は、例の品物を身に着けて出てきたのだった。

またもや依頼人の予想通りだった。品物がどこかに運ばれていく。依頼人が来るまで、それを見失うわけにはいかない。三隅は尾行を開始した。

携帯を使って自分の現在地を依頼人とこまめにやりとりしながら、三隅は女の後を尾けた。女は二十代半ばくらいだろうか。背は比較的高く、一六五センチくらいありそうだ。白いコートが人ごみでも目立つ。いやコートを差し引いてもその女は悪目立ちしていたので、尾行はさほど難しくはない。

だが三隅は気を引き締めた。尾行を失敗させる一番の要因は油断であるからだ。油断をすれば失敗する。油断さえしなければ失敗しない。彼のその理屈が間違っていた事はこれまでに一度もない。そうやって三隅は危険も少なくない探偵業を、事故に遭うこと無くこなしてきた。

と、その時。女がついっと角を曲がり、細い路地に入っていった。三隅は目立たないように気を付けつつ、路地の入口まで向かった。

自然な動きを装って路地を覗く。

そして、三隅は激しく動揺した。

女が居ない。細い道は向こう側まである程度の距離がある。道の途中に隠れられるような場所はどこにも見当たらない。

まさか気付かれていたのか。路地に入った瞬間に全力で向こう側まで走って行ったたのか。いや、それにしても距離が有り過ぎる。自分が覗くまでの間で向こう側に辿りつけるとは思えない。それに、そんな勢いで走ったならば足音が聞こえたはずだ。

三隅は注意を払いながら路地に入っていく。パッと見で判らないだけで、身を潜ませられる場所があるのかもしれない。だがなんにしても尾行に気付かれているのには変わりない。せめて言い訳が出来るように、あくまでも偶然この道を通ろうとした人間を装って三隅は歩いていく。

やはり最初に見た通り、隠れられる場所などはどこにも無い。三隅はポーカーフェイスを保ちつつも内心は激しく狼狽《ろうばい》していた。女はどこに消えたというのか。なにかトリックがあるのか。とりあえずこの道を早く抜けて向こう側のどちらかに

「なぜ付け回す」

突然、声が響く。

三隅の動きが反射的に止まり、また反射的に後ろを振り返った。

今入ってきた路地の入口に、尾行していたはずの女の姿があった。

三隅の鼓動が速まる。おかしい。隠れられる場所など絶対に無かった。一体どんな手品を使ったと言うのか。この女は、普通の女ではないのか。

だが今は、とりあえず何かしらの返事をしないといけない。尾行がばれているのは

もう仕方ない。それでも被害を最小限に食い止めなければならない。

三隅の頭は冴《さ》えていた。尾行を誤魔化すための言い訳がすでに六つ浮かんでいる。

どれが一番それらしいかも判断できている。あとはそれを口にすれば、この場をなんとか乗り切れるだろう。そうしたら安全なところまで移動して、依頼人と合流すれば良い。

女は三隅に向かって悠然と歩き出した。

だが三隅は何も言うことが出来ない。

女が目の前で立ち止まる。

だが三隅は何も言うことが出来ない。

女は片手をぬるりと上げて、指先で三隅の頬をつい、と撫《な》でた。

三隅は何故か、何もできなかった。言い訳を口にすることも、女の行為に抗《あらが》うことも、この場から逃げることもできなかった。頭は冴えているのに、体が言うことを聞かない。彼は自分の身に起こっている現象を説明しようと頭を目一杯回転させた。そして、何一つ説明できていない答えにたどり着いてしまった。この女は。この女は普通の女じゃあない。

女の手が、小動物をなでるように柔らかく、三隅の首にかかった。親指の先が気道に触れている。カチカチという小さな音が聞こえる。それは自分の歯がなる音だと後から気付いた。

三隅はそれでも動けない。

女の指に、なめらかに力が入る。

彼は自分の通っていた高校の近くに有った大きな川と、今の家の三軒前に住んでいたアパートを思い出した。走馬灯はすぐに消えた。

簡単な仕事のはずだった。

命を張るような仕事では無かったはずだった。

三隅は最後に両親の名前を口にしようとして、どちらを呼ぶか迷っているうちに、結局どちらも呼ぶことが出来なかった。


三隅の首から指を離すと、女は「はん」と鼻で笑った。

三隅はその場に立ち尽くしている。まだ生きていた。生かされていた。

「ちょっと出掛けた途端にこれか。本を焼いた時は神経質過ぎると思っていたが……案外的はずれでも無かったのかもしれんな。全く、先が思いやられる」

そう言って女は面倒くさそうに頭を振る。

三隅には話が見えない。だが、何もできない。この場の主導権は完全に女のものになっている。

「お前」

女がぞんざいに呼びかけた。三隅はビクリと体を震わせる。

「金は持っているか」

「か、金」

言われて三隅は何も考えられずに、財布が入っている尻ポケットを弄った。

「別に出さんでいい。来い」

言うと女は踵を返す。そして自分が今殺しかけた相手に向かって、余りにも軽く言い放った。

「飲みに行くぞ」

白い動物の面をかぶった女は、そう言って路地を歩き出した。

2

駅前のビルの二階にある、何でもないチェーンの居酒屋。そのカウンター席に三隅と、面の女が座っていた。

女は居酒屋の店内でも面を取らない。自分で注文した料理にも一切手を付けていない。たまに酒を呑《の》むような仕草をするが、それも面をかぶったまま口元までおちょこを持ち上げるだけで、結局酒を飲む事はなかった。

「なるほどな」

面の女がおちょこを置いて言う。

三隅は依頼の内容は元より、依頼人の事、その依頼人が今こちらに向かっている事を洗いざらい吐いてしまっていた。もちろん彼にもプロとしての常識もあれば職業倫理だってある。こんな話をペラペラと喋るのはルール違反だと言うことは誰よりも良く理解している。しかし、自分の命と天秤《てんびん》だと言われれば話は別だ。

それに三隅の脳の半分は、今の状況を冷静に分析していた。隣に座っているのは若い女一人。ましてや人でごった返す駅前の飲み屋で何ができるのかと問えば、何が出来よう筈《はず》もない。この女がさっきのように自分の首を締めようものなら周りの人達がすぐに助けてくれるだろうし、警察だって駆けつけるだろう。この混雑した飲み屋は、彼にとっては安全な場所のはずだった。

だが三隅のもう半分は、心の中で呟く。

（そんなことは、この女を目の前にしていないから言えるのだ）

隣に居る面の女は、具体的に何をしているわけでもない。おちょこを上げ下げしては話を聞いているだけの、一言で言えば単なる変な女である。

だが先程、三隅がトイレに行きたい旨を伝えた時、女はその面を三隅の耳元に寄せて小さく囁いた。

「逃げるなよ」

その一言に全てが含まれていた。逃げれば殺す。逃げれば殺す。逃げればお前は間違いなく死ぬ。三隅は理屈ではなく、心でそれを理解させられた。トイレに行き、用を足して、席に戻る。彼の生きる道はそれしか残されていなかった。戻ってきた三隅は抵抗する気力も無く、結局面の女に全てを話してしまったのだった。

「ここに来るように連絡しろ」

面の女が命令する。彼女は、今移動している依頼人をここに呼べと言うのだ。

それは三隅が今考え得る中で、最もやりたくない事の一つだった。

「つまり……その……嘘を吐いて、ここに呼び出せと？」

「嘘など吐かなくてもいい。面の女が居るから来いと言ってやれ」

「えぇ？」

三隅は戸惑う。追跡がバレたことを知ったら、依頼人がここに来るわけは無いではないか。

「問題ない。向こうも解ってやってるんだろう。来るよ。ほれ、電話しろ」

女はさっさとやれと手をヒラヒラさせる。三隅は腑《ふ》に落ちないまま、携帯電話を取り出して依頼人に電話をかけた。

二回のコール音の後に、電話がつながる。

「もしもし。うん。うん。すまない、その、実はね」

「先に場所を言え」電話をする三隅に、面の女が命令する。

「は。ああ。今、駅前のビルの二階だ。そこにある居酒屋に居る。一軒しかないから。すぐ判るはずだ。で、実を言うと」

と、そこまで話したところで、面の女が三隅の電話をヒョイと取り上げて、耳に当てた。

「そういうことだ。さっさと来い」

「ああ」三隅は呻いた。仕事が完璧に失敗した瞬間だった。

面の女は電話をかけながらケラケラと笑っている。もしかして依頼人とは知り合いなのだろうか。妙に親しげな口調だ。だがそれを言うなら、初対面の三隅とも十分親しげであるのだが。今や親しげはとうに通り越して、奴隷にされかかっているところだ。

「なら、答え合わせでもしようか」

面の女が電話に向かって呟く。答え合わせとはなんだろうか。

そう言ってから、女は三隅に顔を向ける。

「お前も聞いていろ。何も知らないままで殺されかけたのではやりきれんだろうからな」

そうして面の女は、電話に向かって話し始めた。

3

「千と何百年か前。白く大きな妖怪が居た。何よりも強かった妖怪は、大きな体で山を駆け、四つの国を滅ぼした。しかし最後に日本に来た妖怪は、えらく力の強い人間に目を付けられて、あれよと言う間に封ぜられてしまったのよ。禍々《まがまが》しかった妖の気は小さな箱に詰められて、白磁の光を放った体は四角い石に閉じられた。逃げまどっていた人間は戻った平安に胸を撫で下ろし、白く大きな妖怪は二度と明けぬ闇に包まれた。だが残念。人間というのは、あまり頭の良くない生き物だった。なんと妖の暴れる姿に見惚《みほ》れた仏師が、妖の顔を写した面を作ってしまった。面には妖の力が宿り、動けぬ妖の分け身となった。心を持ったその面は、人に取り憑《つ》き、人を操り、自らが封ぜられた箱と石を壊そうと画策したよ。しかし封印守りの連中は真面目に働いていたし、なにより面が妖の分け身であることがばれたなら、ちんけなお面なんぞ簡単に割られてしまうだろうからな。慎重に慎重にとやっているうちに、箱も石も壊せぬままで、何百年もが過ぎよった。面に宿った妖は、もう封を解くのを諦めていた。何百年も経ってしまっては、箱の妖気はともかくとして、体の方が朽ちてしまっている。そう思ったのだ。もしも朽ちた体が封を解かれれば、面に宿った心が腐った体に戻って、そのままがくりと死んでしまうのではないか。結局妖は、怖くて箱も石も壊せなくなってしまっていた。妖の面は、面の妖となった。面は、面のままで生きることを決めたのだ」

「そうしてまた何百年の時が流れたのちに。面は、一人の男と出会った。そいつは頭の良い奴だったが、退屈で退屈で死にそうにしていたよ。同じく退屈していた面は、そいつと遊んでやろうと思った。二人は思いつくままに遊んだ。男も面も、二人で遊んでいる間は退屈を忘れたものだった。だが人の生は短い。さぁこれからという時に、男は出先で病に倒れ、結局そのまま帰らなかった。面はまた一人になった。別に悲しい事はない。一人でいるのは慣れている。面は男と会う前の暮らしに戻っただけだった。しかしだ。その男、どうやら必要以上に頭の回る男だったようでなぁ。なんと頼んでもいないのに、妖を封じた箱と石を、なんとかしようと考えていたらしいのだ。そうしてそいつは死ぬ間際に、箱と石を壊してくれと遺言を残していたんだと。阿呆だな。本当に阿呆だな。当の本人が壊さないでほしいと思っているのになぁ。その上にだ。何より一番傑作なのが。その男な」

「面の妖のことを〝よきもの〟などと書いておったのよ」

「よきもの、だと。はん。よい妖怪なんぞ居るわけがない。大方、解き放たれるであろう妖に向かって、暴れるんじゃないぞ、人を食べるんじゃないぞと釘《くぎ》を刺したつもりなんだろうがな。笑ってしまうわ。皮肉もいいところだ。妖を友達か何かと勘違いしていたのかもしれん。あやつの考えることは、最後までよくわからなんだ」

「結局そのお節介のせいで、箱と石は手も無く壊された。だがやっぱりな。箱と石を壊したところで、封ぜられた妖は蘇《よみがえ》らなんだ。強い妖気は戻ったが、やはり体は朽ちていたのであろう。骨の一つも出てこなんだよ。まぁそれでも、面の心が体に戻って死ななかっただけましと言うものか。さて。ここからがこの話の山だ。落ちだ。とくと聞け」

「なんとだ。一番傑作だと思っていた男に輪をかけて傑作な奴が現れた。突然やってきたのは、その男の曾孫。そいつがな遺言状の内容を甚だ勘違いして、財閥の遺産が隠されているなどと大騒ぎ。その理屈があんまりにも滑稽だったので、乗っかって遊んでやったのだ。ああ、楽しかった。本当に楽しかったぞ。ま、言ってもその阿呆も、それなりには頭が回るようだったから」

居酒屋の入り口の扉が開く。

カウンターの二人は振り返る。

そこに居たのは、携帯電話を手にした舞面真面だった。

面の女は、くくっと笑って言った。

「遅ればせながら、気付いたようだがな」

4

面の女がくつくつと笑う。いや、その表現はいまや正しくはない。面の女を笑わせているのは、女の顔にかぶさった白い動物の面だった。

「いつ気付いた？」

お面の妖怪であると自ら明かしたみさきは、隣に座った真面に問いかけた。

「大晦日の、祭りの時だよ」

「ほう？」

「あの祭りの会場で、子供が君にケチャップを付けた。子供は気付かずにそのまま行ってしまった。面を被った女の子・沢渡愛美さんは、何が自分の顔に当たったのかを判っていなかった。本人はよそ見をしていたし、面の視界はかなり狭いから、全く見えていなかったはずだ。それにケチャップが付いたのは面の頬の部分だけで、首や体には一切付かなかった。だから何が当たったのか判らないのは当然なんだ。あの時の愛美さんには、面にケチャップが付いていることを知る術は無かった。だが君は、面に付いたケチャップを事もなげに指で拭った。つまり、面に何かが付いていることが判っていた。そのためには面自体に感覚が存在しないといけないことになる」

「だから私が普通の面ではないと思ったのか？」

「そうだよ」真面は首肯する。

「またえらく根拠の薄い話だな」

「見た事を説明出来るアイデアが他に無かったから、僕自身は別に根拠が薄いとは思わなかったよ。ただ、人に話して信じてもらうのは大変だろうなとは思った」

「そういうのを根拠が薄いというのだ……ん？　待てよ」

　面の妖怪みさきは、口元に手を当てて思案した。

「ならばお前は、石を壊す前から、私が化物だと疑っていたということか？」

「そうだね」

「なのに、あんな嘘八百《うそはっぴゃく》の理屈を並べて、あまつさえ石を壊したのか？」みさきは首を傾げた。

「正直に言えば」真面は困った表情で話す。「ケチャップの件があるまで、君のことを妖怪だなんて微塵も思っていなかった。それまで僕は、君は遺産の管理人で間違いないだろうと思い込んでいたんだ。あの仮説を水面にも叔父さんにも話してしまっていたし、叔父さんには石を壊すための手筈《てはず》を整えてほしいとお願いしてしまった後だった。今更〝あのお面は妖怪かもしれないので、こないだの説は保留にしたい〟なんて言い出せなかったよ。何せ、人に話すには根拠が薄い話、だからね」

「それでお前は、何が起こるかも分からないのに、一か八かで体の石を吹き飛ばしたのか」みさきは呆《あき》れたような声で言った。「そんなに短慮な事では、頭の回りは彼面の足下にも及ばんな」

真面は苦笑を返す。

「先祖に恥ずかしいと思わないのか」

「舞面彼面みたいな人と比べられても困る」

「ちがう。彼面ではない。私に対してだ」

「うん？」

「いいか。舞面家というのはな、私が宮廷の女に取り付いていた時に産んだ子の子孫なんだよ。その時、私はつい気を抜いてしまって、本体の女が眠っているのに面だけで浮かび上がって喋ってしまったのだ。それ以来、私とその女は舞面御前などと呼ばれるようになってしまった。つまりだな。舞面家の家系を大元まで遡ると舞面御前まで行き着くわけだ。私は言うなれば、お前のご先祖様ということだよ」

「じゃあまさか、みさきというのは……」

「御前《ごぜん》。御前《みさき》だ。あだ名だよ」

真面は自分の先祖のあまりにもな失敗談を聞いて悲しい気持ちになる。

「うっかり飛んで喋ったような面に、頭が良いとか悪いとか言われたくないな……」

「そう言うな。酔っていたのだ」

みさきはケラケラと笑う。真面は小さくかぶりを振った。

その横で、真面を見ていた三隅が眉間にしわを寄せた。

なぜ彼は妖怪などという非常識な存在に対して平然と対応できるのだろうか。自分はまだ命の危機を目の前にして、足を竦ませているというのに。

そんな三隅の表情にみさきが気付き、「こいつはな」と真面を指差した。

「頭のネジが飛んでいるんだよ。お前と一緒に考えてはいかん。こいつも、彼面も、言うなれば変人だ。人間よりも私と話が合うような、この世界では生きにくい連中なんだよ。三隅と言ったか。お前の方が正常だ」

三隅は引きつった笑いを作って返す。みさきは息をつく。

「殺さんよ。安心しろ。さっきのはお茶目だ」

「三隅さんに何かしたのか」

「ちょっと殺そうとした」

流石に真面の顔も引きつる。

「殺していないのだから。それでよかろう」

みさきは平然と答えて、おちょこを置いた。

「で、真面よ」

「うん？」

「何の用だ？」

面の漆黒の目が真面に向いた。

「わざわざこんな男まで雇って私を探したんだろう？　何も用が無いわけがあるまい。それとも答え合わせが聞きたかっただけか？」

「ああ……」真面は魚をつまんでいた箸を置いた。

「実は、言いそびれていたことがあるんだ」

5

「あの日、広場で破壊した体の石」

「ふむ」

「あれは偽物だ」

「は」

みさきが間の抜けた声を漏らす。その瞬間、何か、目に見えない力が、みさきを中心として波紋のように店内に広がった。目の前の真面と、後ろの三隅はぞわわと体を震わせる。周りの客たちは、あれ、今何か、と小さくざわついていた。

「ちょ、抑えてくれ」慌てた真面がみさきをなだめる。

「に、偽物だと！　どういうことだ！　説明しろ！」

みさきが激昂する。だが一応さっきの力のようなものは抑えてくれているようで、単に叫ぶだけに留まっている。

「どうって別に。至極当然の処置ではあるよ」

今度は真面が平然と答えた。

「最初は体の石をそのまま解体するつもりだった。叔父さんにも解体したいと相談した。その時、叔父さんがこんな提案をしてくれた。もしも仮説が間違っていたら、壊してしまってからでは取り返しがつかないんじゃないか、石の偽物を用意してそれを壊したらどうか、とね。叔父さんの会社の経路を使えば、あれくらいの石ならば割と簡単に用意できるって。ただ、僕は反対だった。偽物だとばれたら試験をクリアしたことにならないかもしれない。だからやっぱり本物を壊そうという話で、一度は落ち着いたんだ。でも年末のあの日、状況は一変した。君が非常識的な存在だという可能性。もしかしたら箱にも石にも不思議な力があるという可能性。それを示唆する証拠を祭りの日に見てしまったからね。だとしたら、迂闊《うかつ》に石を破壊するのは危険だ。大変なことになるかもしれない。しかし今更解体を中止したいとも言いづらい。だから妥協案として、叔父さんが最初に提案してくれた、偽の石を壊す作戦に切り替えさせてもらったんだよ」

みさきは呆然と聞いている。

「もちろん偽物にすり替えたところで万全じゃない。君本人には、本物の石かどうかが不思議な力で判別できる可能性だってあった。まぁでも、石が偽物だとばれてしまう方が、本物の石を壊してしまうよりは、多少は安全な結果になるかと思った。だからあの解体の日、僕は君を昼に迎えに行ってしばらく連れ回したんだ。石を重機で交換している現場を見られでもしたら元も子もないからね。あと電球も切れていたけれど、そのままにしておいた。暗い方が良いかと思って」

真面の話が終わると、みさきは手をふらふらと挙げて、力無く真面を指差す。

「で、では、私の体は……」

「まだ石の中だ。腐ってるかどうかは判らないけど」

「石は、どこにある」

「しまってあるよ。どうする？　壊すかい？」

「待て！」再びみさきが叫んだ。「壊すな！　話を聞いてなかったのか！　体が朽ちていたら、心が戻って死ぬかもしれんのだぞ！」

「じゃあ止めておこう」

真面は話しながら箸を取り、焼き魚を平然とつまんだ。

「お前……」みさきが苦々しく呟いた。

「何が目的だ」

「目的？」

「とぼけるな」

みさきが静かに言った。

だがその面からは、先ほど感じたような、身の毛のよだつような気配がひしひしと伝わってくる。

「お前は、私と交渉するために来たのだろうが。そのために石をにぎっているのだろうが。この場でお前の首を刎《は》ねれば済むような話でないのは明白だ。さぁ言え。舞面真面よ。貴様、いったい何が望みだ？」

みさきから発せられる力は凍りついた針のように空気を苛《さいな》んでいる。みさきの後ろにいる三隅はその力に当てられて硬直していた。少しでも動けば、本当に首を刎ねられそうだった。

しかし真面はまるで平然として、酒の入ったコップを手に取って考えている。

その酒は。

真面が自分で選んで注文したものだった。

「目的ね……」

しばらく黙ってから。

真面が口を開いた。

「飽きているんだ」

「は？」

「退屈で退屈で死にそうなんだ。僕を驚かせるようなことが、この世界には何もない。ならばせめて、通りがかった奴とでも遊ばなければ、詰まらな過ぎて死んでしまう。そうは思わないか？　それとも」

真面がみさきを見た。

「君との遊びも、もう終わりか？」

「ふは」

みさきが笑った。

真面はみさきの目を真っ直ぐに見ている。

三隅は、いつのまにか空気が戻っていることに気付いた。

「いいや、終わりではない」

みさきが自分の面を押さえて、くつくつと笑う。

「じゃあ、もうしばらく遊ぼうか」

「そうしよう」

二人は顔を見合わせた。

真面には、その動物の面がにたりと笑ったように見えた。

「舞面真面よ」

みさきが酒を取って言う。

「遊ぶのに必要な物が何か判るか？」

「遊ぶのに必要な物？」

「金だよ」みさきはざっくりと言い放つ。「まずは彼面と同じ所まで行っておくか。舞面財閥復活と洒落込《しゃれこ》もう」

「でも……舞面彼面が財閥を復活させようとしてたなんて話は、君の作り話なんだろう？」真面が怪訝な顔をする。

「はん」みさきはいつもの笑いで答えた。

「彼面がどうやって舞面財閥を作ったのか教えてやろうか。あいつがな、ここの会社がほしいと言う度に、私がその人間を妖力で操っていただけの話よ」

「それはまた」真面も笑う。「身も蓋もない話だ」

「そのうちに影面の会社も何とかしてやろうかと思っていたところだ。だが、私は経営だとかそういう事に全く明るくないからな。そっちはお前が考えろ。言えばなんでもやってやる。心の箱が壊れた今や、昔とは比べ物にならないほどの力に満ちている」

「じゃあまずは勉強しないとな」

真面は天井を見上げて思案する。

真っ白な頭の中で、独房の扉が開く。

独房の中から出てきた彼は、仮面を捨てて、にたりと微笑んだ。

「よし、お前」

みさきが急に三隅に顔を向ける。三隅はびくりと跳ね上がる。

「勘定頼む」

「わかりました」

三隅は素直に答えた。どうやら突拍子もない話は終わったらしい。

早く金を払って店を出よう。もうこの仕事は終わりだ。これ以上この二人に付き合っていては戻れなくなってしまう。物事には引き際というものがある。自分はそれを見極めることで、今日まで生きてきたのだ。

「お前、しばらく私らの下で働け。人手が居る」

「そんな」三隅は本当に情けない声を上げた。

「心配するな」

みさきは三隅の肩をポンと叩いて言った。

「面白いぞ」

真面が、本当にすいませんと頭を下げる。勘定は結局真面が支払った。

そうして、楽しそうな顔をした男と、死にたそうな顔をした男と、白い動物の面をかぶった女が、連れ立って飲み屋の階段を降りていった。


舞面の名が財界に聞こえ始めたのは、それから二年後のことであった。

あとがき

人は誰しも仮面をかぶって生きています（十年ぶり・三回目）。こう書くと久しぶりに甲子園の切符を手にした野球部めいていて、十年の道程で土に染み込んでいった汗と涙のドラマに胸が熱くなりますが、対する作家の十年はといえば大体室内で過ぎていきました。人は誰しもエアコンをつけて生きています（初出場フレーズ）。

とてもあとになった今改めて振り返りますと、本書は〝出資者〟のお話でした。

人が何かを作り出そうとする時、あたかもそこに質量保存の法則が存在するかのように、何かを交換対象として差し出す必要が出てきます。それは時間であったり、労力であったり、時には精神的なものであったりしますが、ともかく何かを完成させようとすれば、必ず何かが失われてしまいます。いや完成して失うのならば良い方で、多くを失った上に何も完成しなかったという悲劇もこの世には無数に存在しており、なら何かを作ろうなんて思わない方がいいのでは、その時間と労力を労働に費やしてピカピカの冷蔵庫でも買った方がいいのでは、葛藤は作り手を常に襲っています。

そんな時、出資者はお金をくれます。お金とは価値を有する交換媒体で、それだけでこの世の多くのものと交換することが出来ます。時間と交換して、労力と交換して、時には精神的なものとだって交換して。つまりお金を使えるならば、作り手は何かを作り上げた上に何も失わないで済むかもしれないのです。お金強い。お金凄《すご》い。いろんなものと交換できてしまうお金を使わせてくださるなんて、出資者とはいったいどれほどに素晴らしき人格者なのでしょうか。
ところで出資者はなぜお金を出してくれるのでしょうか。
人は誰しも仮面をかぶって生きています（連続出場・四回目）。

本書もまた幾多の何かを差し出してくださった皆様のお陰でできあがっております。初版時にインパクトあるヒロインデザインを作り上げてくださったどまそ様とデザインのBEE-PEE様、新装版で妖しかっこいいヒロインを描きあげていただいた森《もり》井《い》しづき様、人として大切なものをいつも提供してくださる担当編集の土屋《つちや》智之《ともゆき》様・平井《ひらい》啓祐《けいすけ》様、初代担当でフリー素材の湯浅《ゆあさ》隆明《たかあき》様、その他多くの皆様方、本当にありがとうございます。そして本書を読むために人生の一部を出資してくださった読者の皆様に深く感謝いたします。

野《の》崎《ざき》まど

本書は二〇一〇年四月、メディアワークス文庫より刊行された『舞面真面とお面の女』を加筆修正し、改題したものです。

この物語はフィクションです。実在の人物・団体等とは一切関係ありません。

◇◇メディアワークス文庫

舞《まい》面《つら》真面《まとも》とお面《めん》の女《おんな》

新装版《しんそうばん》

野《の》﨑《ざき》まど

2019年9月25日　初版発行
2025年5月10日　6版発行

発行者　山下直久
発行　株式会社KADOKAWA
〒102-8177　東京都千代田区富士見2-13-3
0570-002-301（ナビダイヤル）
装丁者　渡辺宏一（有限会社ニイナナニイゴオ）
印刷　株式会社KADOKAWA
製本　株式会社KADOKAWA

●お問い合わせ
https://www.kadokawa.co.jp/（「お問い合わせ」へお進みください）
※内容によっては、お答えできない場合があります。
※サポートは日本国内のみとさせていただきます。
※Japanese text only

※定価はカバーに表示してあります。

Printed in Japan
ISBN978-4-04-912817-8 C0193

メディアワークス文庫　https://mwbunko.com/

本書に対するご意見、ご感想をお寄せください。

あて先
〒102-8177　東京都千代田区富士見2-13-3
メディアワークス文庫編集部
「野﨑まど先生」係